청동거울 학술총서 ❺

프랑스 근대 사상과 소설

피에르 르루와 조르즈 상드

박홍순 지음

청동거울

1980년대 말~90년대 초, 동부유럽 전역어서 일어난 사회주의 몰락이라는 거센 바람은 베를린 장벽의 붕괴로 맞이한 두 독일의 통합과 소련 연방의 해체라는 주목할 만한 사건으로 끝을 맺는다. 2차 세계대전 후 현대 사회를 지탱하던 두 축 자본주의, 사회주의라는 이데올로기는 사회주의의 종말과 함께 새로운 전환점을 맞게 되었다.

1991년 말, 소련이 당면하고 있던 문제를 대단히 빨리 포착하고 변형의 길로 나선 지도자로 평가되는 고르바초프에 의해 진행된 뻬레스뜨로이까의 과정은 소련연방의 종말로 이어지고 국가사회주의의 해체가 분명하게 이루어졌다.

역사의 흐름에서 이 거대한 사건은 어떻게 설명되어질까? 사회주의의 열악함이 갖는 필연적인 결과인가? 아니면 어떤 주의의 한 유형이 끝나는 것에 불과한 것인가? 또한 서구 사회가 만들어낸 이데올로기의 가장 큰 피해자인 우리는 왜 아직도 진부한 도그마에서 벗어나지 못하고 있는 것인가? 이런 물음은 쉬운 대답으로 가볍게 넘어갈 수 없는 것이다. 이를 위해 우리는 사회주의의 태동에 관심을 갖는다.

　"문학은 사회의 반영이다"라는 고전적인 명제에 충실했던 본인은
프랑스에서 8년간 일관되게 같은 지도교수님의 지도 아래 사회사상
과 문학과의 관계를 밝히고자 노력했다. 특히 독일의 관념철학과 프
랑스 사회주의 철학을 접목시켰고, 조르즈 상드 사회소설의 정신적
지주이며 사회주의라는 용어를 처음으로 문헌에 사용한, 프랑스 초
기 사회주의 철학자 중 대표적 인물인 피에르 르루에 관심을 기울였
다. 이후 조르즈 상드의 사회소설에 관심을 갖고 피에르 르루와 조르
즈 상드에 관한 연구를 묶어 이 책을 낸다.

　본 글은 크게 3부로 나뉘어진다. 1부는 피에르 르루의 사상에서 종
교에 관련된 부분이고, 2부는 국제 관계와 관련된 새로운 유럽 정세
에 관한 연구이고, 3부는 피에르 르루의 신봉자, 조르즈 상드의 사회
소설과 한 소설가가 철학자의 사상을 어떻게 대변했나를 살폈다. 이
연구는 19세기 초 태동한 사회주의의 진실이 현재 얼마나 폄하되고
왜곡되어 있는지를 알아보고, 피에르 르루의 철학은 새로운 종교와
인간의 유대에 기초를 둔 진정한 인성 실현에 목표를 두고 있다는 점
을 밝히고자 한다. 그럼으로써 이 연구를 통해 당시에 태동해 지금까

지 소설의 중요한 한 장르로 남아 있는 사회소설을 좀더 명확히 이해하는 데 도움이 되었으면 하는 바램이다.

글 전체에서 간혹 보이는 논리의 비약, 어휘의 어색함 등은 부족한 역량을 지닌 본인의 몫으로 고스란히 남는다. 본인에게 인간적 성숙과 학문적 발전을 위해 애정어린 질책을 아끼지 않으신 김현태 교수님, 복성규 교수님, 정소성 교수님 등 단국대 불문과 선생님들의 가르침과 은혜는 잊지 못할 것이다. 또한 보잘것 없는 글을 감히 출판할 수 있도록 독려해 주신 김수복 교수님과 출판을 결정해 준 도서출판 청동거울, 특히 조태봉 실장님께 감사드린다. 힘든 워드 작업을 묵묵히 도와준 최은영님께 또한 고마움을 전한다.

2000년 5월
박홍순

차례

프랑스 근대 사상과 소설

피에르 르루와 조르즈 상드

제1장

서론

1. 피에르 르루(Pierre Leroux : 1797~1871)

프랑스에서조차 생소한 이름이었던 피에르 르루는 1977년 폴 베니슈(Paul Bénichou)가 『예언자들의 시대(*Le temps des prophètes*)』에서 "우리는 지식인과 민중의 결합을 위해 피에르 르루를 주목해야만 한다."[1]라고 말한 이후 많은 비평가들은 피에르 르루라는 이름에 관심을 갖게 된다. 이어서 프랑스내 주요 일간지와 문예잡지들은 피에르 르루를 소개, 재조명하는 작업을 시작한다.

1978년 1월 12일자 『위마니테(*Humanité*)』지는 "피에르 르루가 유토피아 사회주의자[2] 중의 가장 중요한 사람의 하나"라고 소개하고, 이어 『르 몽드(*Le Monde*)』지는 1980년 7월 11일자 문학 비평란에 이 초기 사회주의 사상가를 위해 많은 지면을 할애하며, 그를 '19세기를 위한 열쇠'라고 평가한다. 특히 1982년 피에르 르루의 입문서인 『피에르 르루와 유럽 사회주의자들(*Pierre Leroux et les socialistes européens)*』이 쟉 비아르(Jacques Viard)에 의해 출간되는데, 이듬해 8월 시사 평론지 『르 누벨 옵세르바퇴르(*Le nouvel Observateur)*』는 위 저서의 출판을 기리며 다음과 같이 적는다. "당신들은 피에르 르루를 아십니까? 그는 위고(Hugo), 마찌니(Mazzini), 미슐레(Michelet), 발작(Balzac), 조르즈 상드(George Sand), 막스(Marx)에게 영향을 주었고, 사회주의(socialisme)라는 용어를 발명했다 ……."[3]

피에르 르루, 그는 누구인가? 그가 지니고 있던 사상적 배경과 함께 그의 생애를 간략하게 알아보자. 그는 에콜 폴리테크닉(Ecole Polytechnique)에서 공부하기를 원했으나 어려운 가정 형편 때문에 렌느(Rennes)의 고등학교를 끝으로 정식 교육을 마쳐야만 했다. 그 후 어머니를 도와 가족의 생계를 책임져야 했으므로 식자공으로서 인쇄소에서 일했다. 그는 단순 노동자에 머물지 않고 지식과 사상의 대중적 전파를 위해 새로운 인쇄방법을 연구하기 시작하여 1817년 20살의 나이에, 재정상의 문제로 실용화시키지는 못했지만, 피아노 타이프(Piano-type)라는 신종 인쇄법을 발명한다.

인쇄 식자공으로서의 실제적인 경험과, 젊은 공화주의자의 모임인 샤르보느리(Charbonnerie)에 가입한 그의 정치 역정은, 프랑스에만 국한되지 않고 전 유럽이 지적 발전을 추구할 필요성을 느끼게 되어, 『르 글로브(*Le Globe)*』라는 잡지를 창간한다.[4] '지구'로 번역되는 잡지명에서 그의 세계주의 정신을 엿볼 수 있다.

1824년 피에르 르루와 뒤부아(F. Dubois)에 의해 창간된 『르 글로브』는 주로 문학잡지로 우리들에게 알려져 생트-뵈브(Sainte-Beuve)나 뒤부아의 중요성만 강조되지만 실제로 젊은 위고에게 잡지의 지면을 할애해 준 사람은 피에르 르루였다. 더 나아가 르루는 『글로브』지의 인쇄기술자로서 잡지의 기술적 측면 모두를 담당했을 뿐 아니라, 정치 · 경제 · 역사 등 광의의 모든 문학 행위'까지 『글로브』지의 영역을 넓히는데 노력을 다한다. 당시 르루는 생-시몽(Saint-Simon)에게 사상적으로 많은 영향을 받는데 1831년 생시몽주의자와 결별하고 『글로브』지를 떠나면서, 이후 그는 독자적인 자신의 사상을 체계화시킨다.

『글로브』지 이후 르루는 여러 잡지와 백과사전의 편찬에 참여하는데 그 중 "인성 자각의 일반적인 새로운 통합의 필요성(La nécessité d'une nouvelle synthèse générale de la connaissance humaine)"을 위하여 제작한 백과사전 『앙시클로페디 누벨(L"Encyclopédie nouvelle)』에서 르루는 종교 문제와 관련된 95편의 논문을 게재한다. 지나간 역사의 연구가 새로운 앞날의 지표라는 것을 확신하고 있었던 그는 미래에 대한 비전 제시를 목적으로, 주로 고대 종교에 대해 철저한 고증을 한다.

『앙시클로페디 누벨』이 지나간 역사를 밝히는 작업이었다면, 상드와 함께 창간한 『르뷔 엥데팡당트(Revue indépendante)』는 당시 시대상황을 충실히 조명하고 있다. 르루 주위에 모인 이 잡지의 공저자들은 각자 자기 분야의 특수성을 살려 현존하는 다양한 분야(문학, 정치, 철학, 예술, 종교, 경제정책 등)의 문제점을 파헤친다. 왕권, 경찰, 우파를 위한 잡지였던 당시의 유력지 『르뷔 데 드 몽드(Revue des deux mondes)』지에 철저히 반대해 자유롭고, 솔직하고, 풍요로운 사상을 가진 이 잡지는 프랑스뿐만 아니라 유럽전역에 걸쳐 읽혀졌다. 러시아의 헤르젠(Herzen), 영국의 스튜아트 밀(Stuart Mill), 이탈리아의 마찌니(Mazzini), 독일의 하인리히 하이네(Heinrich Heine) 그리고 막스 등은 이 잡지의 고정적인 독자였다.

피에르 르루의 위와 같은 지적행위는 '공동체(Communauté)'라는 형태로 구체화되는데, 1843년 프랑스 부삭(Boussac)에 그의 인쇄소

를 세우면서 그가 오래 전부터 마음속에 품어 왔던 노동자, 농민, 지
식인이 함께 어우러져 사는 공동체를 이곳에 건설한다.[5]

　부삭의 공동협력체 생활에서 르루는 종교와 인성을 강조하면서 기
관지 『라 르뷔 소시알(*La revue sociale*)』을 발행한다. 이 잡지와 공
동협력체는 1848년 2월 혁명까지 지속된다. 1851년 루이 나폴레옹
(Louis Napoléon)의 쿠데타(Coup d'Etat)가 있은 후, 르루는 영국령
저어지(Jersey)로 망명하고, 다시 1860년 프랑스로 돌아온 후 1871
년 죽을 때까지 노년기에도 잡지를 주간하거나 책을 저술하며 지적
행위를 멈추지 않는다.

　피에르 르루의 생애를 살펴보면 당시의 대부분 작가나 사상가들과
구별되는 몇 가지 특징을 발견할 수 있다. 첫째로, 그는 유산계급이
아니었고 식자공으로 인쇄소에서 직접 생산 활동에 참여한 노동자로
서 지적 행위와 노동이라는 구체적 행위를 일치시킨 인물이었다. 그
리고 그는 다른 사회주의 철학자들하고는 달리 문학에 많은 애착을
갖고 있었다. 당시 푸루동(Proudhon) 같은 사회주의자는 문학을 몹
시 경멸하며 문학을 철학의 하위 개념에 두었다. 반면에 르루는
1829년 벌써 문학 작품의 문체에 관한 평론을 발표하고 그리스, 라
틴어 고전 작품, 독일, 이태리, 영국시, 산스크리스트어에도 상당한
지식을 갖고 있었다. 또한 종교 문제에 있어 르루는 동 · 서양 고대
종교에 깊은 관심과 박학한 지식을 지닌 데 반하여, 당시의 사회주의
철학자들은 이슬람교나 인도의 고유 신앙인 브라만 등 동양 종교를
기독교에 비해 미천한 종교로 간주했다.

　두 번째로, 르루의 사회주의와 다른 '유토피아' 사회주의(카베의
이카리 Icarie de Cabet, 푸리에의 팔랑스테르 Phalanstère de Fourier)
를 비교하기 위해 우리는 르루가 프랑스 중부지방 부삭에 공동협력
체를 만들었다는 것을 재인식할 필요가 있다. 카베주의자나 푸리에

주의자들은 신대륙(미국, 남미)에 그들의 협력체를 구성하기를 원했는데 그것은 역사적으로 새로운 형태의 식민주의로 받아들여진다. 그러나 르루는 프랑스 안에 농민, 노동자, 지식인이 함께 어우러져 생동감 넘치며 각자의 권리를 존중하는 공동체를 실현시켰다.

이렇듯 18세기 말에 태어나 19세기 전반·중반을 살았던 피에르 르루의 영향력은, 문학적으로 조르즈 상드, 네르발(Nerval), 발작, 위고, 미슐레 등 당시의 대가들이 르루의 사상에 귀를 기울이거나, 찬양하거나, 혹은 그의 사상을 각자의 작품에 반영했고, 정치적으로는 카르보나로(Carbonaro), 평화적 혁명주의자였던 르루가 성의 평등, 여성의 참정권 인정, 인종차별주의 철폐, 지방자치주의와 지방분권주의 등 진보적 사상을 1830년대에 처음으로 역설했다. 따라서 그의 사상은 정치적으로 막스, 헤르젠, 바쿠닌(Bakounine), 마찌니 등에 포괄적인 영향을 미쳤다. 그는 인도적 사회주의에 끝까지 철저했던 인물로 1851년 루이 나폴레옹의 쿠데타 이후 빠른 속도로 대두되는 국가주의와 전제적 사회주의에 극렬하게 반기를 들었던 인물이었다.

"인본주의 종교(Religion de l'Humanité)"로 특정지울 수 있는 그의 사상은 '이성(raison)'의 측면만을 너무 강조한 18세기 계몽주의 철학에 인성 추구를 위한 또 다른 중요한 몫인 인간의 '감성(sentiment)'을 종교와 관련 맺어 결합을 시도한다. 그러나 이전의 서양 종교는 독단적인 교리에 빠졌었기 때문에 그는 기존의 종교에 철저히 비판을 가하며 모든 종교를 포용하는 새로운 형태의 종교를 주창한다. 그에게는 권위주의와 예수의 우상화로 대변되는 기독교도의 잘못된 교리와 종교를 배제하는 사랑의 결핍이, 인간과 인간 사이에 생기는 지고의 선인 조화 대신 혼돈을, 자유 대신 방종, 우애 대신 이기심, 평등 대신 독재를 부르는 계급을 야기시킨다고 본다. 계몽주의 철학 이후 거센 바람이었던, 무종교에 대한 신봉을 새로운 종교에 바탕을 둔 '감성(sentiment)', '감정(sensation)', '의식(connaissance)' 이 어우러지는 참된 '인성(Humanité)'의 추구로 바꾸는 것이 피에르 르루 철학의 목표이다.

2. 피에르 르루에 대한 연구서와 평가(19세기 초~1990)

2-1) 국제 학술 심포지엄

1990년 8월 프랑스 엑상-프로방스(Aix-en-Provence)에서는 12개 국(캐나다, 덴마크, 미국, 프랑스, 헝가리, 이태리, 모로코, 싱가포르, 스위스, 체코슬로바키아, 일본, 한국)[6]에서 온 학자들이 "유일 불가분의 유럽(L'Europe une et indivisible)"이란 주제를 갖고 학술회의를 개최한다.[7]

이 심포지엄에 모인 연구자들은 피에르 르루의 주요 사상을 조명하며, 르루의 철학이 유럽 국가에만 국한되는 것이 아니라 아시아, 아메리카, 아프리카까지 미치는 것이라 확인했고, 28명의 발표자들은 르루의 지적 연구가 문학, 사회, 정치, 경제 등 인문과학 전반적인 모든 분야에서 폭넓게 이루어졌고, 그의 사상적 영향은 당시 프랑스의 지식인[발작, 미슐레, 네르발, 푸르동, 르난(Renan), 상드……]들뿐만 아니라 유럽 전체(바쿠닌, 하이네, 막스, 마찌니……)로 확산되었다는 것을 밝혔다.

2-2) 20세기

1990년 성공적인 심포지엄에 이르기까지 피에르 르루에 관한 연구는 어떻게 진행되었는가? 20세기 초반 프랑스에서 르루에 대한 연구는 아주 미미하다. 그 중 주요 연구 저서를 보면 :

1904 : 펠릭스 토마(F. Thomas), 『피에르 르루, 그의 삶, 작품, 학설, 19세기 사상사에 공헌(*Pierre Leroux, sa vie, son oeuvre, sa doctrine, Contribution à l'histoire des idées au* X IX *e siècle*)』

1938 : 앙리 무젱(H. Mougin), 『피에르 르루(*Pierre Leroux*)』.

를 꼽을 수 있다. 두 연구 저서가 출간된 해인 1904년(조르즈 상드 탄생 100주년)과 1938년(파시즘의 대두)의 중요성은 피에르 르루의 사상과 더불어 시사하는 바가 크다.

2차 세계대전 후 프랑스보다는 캐나다에서 더욱 피에르 르루에 대한 연구가 활발하다. 먼저 캐나다인 에반스(D. O. Evans)는 1948년, '2월 혁명' 100년을 맞이하여 르루 연구의 가장 주목할 저서 중의 하나로 남는 『낭만적 사회주의, 피에르 르루와 동시대인(*Le socialisme romantique, Pierre Leroux et ses contemporains*)』을[8] 출간한다. 이 책에서 에반스는 르루의 사회주의와 막스 유물론의 차이를 설명했고, 에반스의 작업은 19세기 뜰문학(생트-뵈브, 상드, 위고)에 끼친 르루의 영향력과 다른 유럽(독일, 스위스, 헝가리⋯⋯)에까지 미친 피에르 르루 사상 전파의 이해를 돕게 해주었다. 특히, 이 저서는 르루가 냉철하게 간파한 사회 현상이 상드의 작품 속에 어떻게 녹아 들어갔는가 하는 문제를 프랑스 문학사가들이 심도 있게 다룰 수 있도록 도와준다. 이후 프랑스에서 출간된 상드와 관련된 르루의

연구서들을 보면,

　1959 : 레옹 셀리에〔Léon Cellier : 『꽁슈엘로(*Consuelo*)』의 서문에서 피에르 르루와 조르즈 상드의 사상적 일치에 관해 설명〕.
　1964 : 조르즈 루뱅(George Lubin : 조르즈 상드의 서한집 발간).
　1964 : 쟝 골미에〔Jean Gaulmier : 오를레앙(Orléans) 페귀(Péguy) 학회에서 페귀와 상드에 끼친 르루의 영향력에 관한 논문 발표〕.

등이다.

1964년 파리의 마르셀 리비에르(Marcel Rivière) 출판사에서 에반스의 제자인 또 다른 캐나다인 그리피스(D. A. Griffiths)는 『쟝 레이노, 낭만주의 시대의 백과사전 집필자(*Jean Reynaud, un encyclopédiste de l'époque romantique*)』를[9] 발간한다. 위의 여러 작업들에도 불구하고 1960년대까지의 피에르 르루의 사상은 겨우 조르즈 상드를 논할 때만 거론되었다. 그러나 그의 사상은 여기에만 국한되지 않는다.

1969년 쟉 비아르가 그의 박사학위 논문 『페귀, 발작, 베르디아에프, 베르나르 라자르, 르루, 미슐레, 프루스트, 시몬느 베이유 등에 의해 이루어진 사회주의와 문학예술의 철학(*Philosophie de l'art littéraire et socialisme selon Péguy, et selon Balzac, Berdiaev, Bernard Lazard, Leroux, Michelet, Proust, Simone Weil etc⋯*)』을 발표하면서부터 르루에 관한 연구는 불문학뿐 아니라 인문사회과학 전반에까지 접근하게 된다.

이후, 또 다른 여러 작업들이 르루에 관한 우리의 관점을 강화시킨다.

1972 : 아벵수(M. Abensour : 초기 생-시몽주의자, 피에르 르루 연구).

1973 : 라카사뉴(J. P. Lacassagne : 피에르 르루와 조르즈 상드의 서간집(*Histoire d'une amitié, P. Leroux et G, Sand*) 출간).

특히, 1977년 이태리 레츠(Lecce)대학은 르루의 작품과 저서들을 재 간행하면서, 르루철학 연구의 보고로 간주된다.[10] 또한 스위스 즈네브(Genève)의 출판사 슬라트킨(Slatkin)에서는 피에르 르루의 전집을 재출간한다.

1978 : 전집(*Oeuvres*)
1979 : 절충주의의 반론(*Réfutation de l'éclectisme*)

마찬가지로, 2차 세계대전 후 막스 사상이 전 유럽에 확산될 때, '유토피아'라는 용어로 폄하되고 굴절되었던 르루의 사상은 1970년부터 동구권(러시아, 헝가리, 체코……)에서도 꾸준히 관심을 갖기 시작한다.[11] 마침내 1990년 엑상 프로방스의 학술회의에서 라카사뉴의 서문과 함께 르루의 백과사전 『앙시클로페디 누벨』을 재출간하기로 결정했다.

이렇듯 20세기 초반 잊혀져 가던 르루의 사상은 캐나다를 시작으로 프랑스에서 계속되어 이태리, 스위스를 중심으로 폭넓게 재조명되고 있다.

2-3) 19세기

당대의 주요한 사상가로서 르루의 영향력은 어디서나 찾을 수 있으나 1871년 그의 사후 그의 이름이 우리들에게 잊혀진 까닭은 무엇일까? 야인으로만 남았던 그의 삶의 특성 때문에, 기득권을 가진 여러 집단(프랑스의 대학, 기독교 등)으로부터 공격을 받았다는 점이다. 그러나 그의 생애 동안 그의 작품과 철학은, 프랑스에서뿐 아니라 전 유럽에 걸쳐 읽혀지고 이해되었다. 먼저 프랑스에서 르루는 지식인들로부터 완벽하게 평가를 받았다.[12] 또한 가까운 영국, 독일에서 시작하여 러시아, 미국까지 그의 명성은 급속히 전파되었다.

영국 : 1824년 런던을 여행할 때, 르루는 영국인 인쇄공들과 친교를 맺고, 이후 스튜아트 밀, 오웬(Owen)과도 교우 관계를 갖는다. 스튜아트 밀은 1827년 『글로브』지에 실린 르루의 논문 『유럽통합(L' Union européen)』을 읽고 깊은 동감을 표시한다.

독일 : 1824년 『글로브』지를 읽은 괴테(Geothe)는 이 잡지가 '프랑스 비평의 새로운 기원(ère nouvelle de la critique française)'을 열었다고 평가했다. 르루의 철학에 매료된 하인리히 하이네는 르루의 사상과 상드의 소설을 독일에 선전하였고, 막스 또한 르루의 잡지 『르뷔 엥데팡당트』의 독자였다.

이태리 : 상드의 소개로 르루를 만난 마찌니는 『글로브』, 『앙시끌로페디 누벨』, 『르뷔 엥데팡당트』의 열렬한 구독자였다.

러시아 : 르루와 우의를 갖고, 그의 사상에 동조한 이들은 헤르젠, 오가레프(Ogarev), 바쿠닌 등이고, 도스또예프스키(Dostoïevski), 뚜르게네프(Tourgueniev)등은 상드 소설의 열렬한 독자였다.[13]

미국 : 보스턴의 서적 상인 엘리자베스 피보디(Elizabeth Peabody), 그녀 덕분에 미국인들은 르루의 작품을 미국에서도 만날 수 있었고, 윌리암 헨리 챈닝(William Henry Channing)은 미국에 르루의 사상을 전파했다.

3. 사상의 형성과 전개

3-1) 『르 글로브』(1824~1831)[14]

『글로브』, 이 문예지(journal littéraire)는 왕정복고(1814~1830)시대에 그 정치 질서에 반대하여 낭만주의 사조에 충실한 자유주의적 경향의 잡지로서 그리고 프랑스 사회주의 태두의 한 사람인 생-시몽 철학의 기관지로 평가받고 있다.

이 잡지는 지성적인 측면을 담당한, 그의 자유주의 사상 때문에 1821년 대학에서 파면된 문학부 교수 출신 뒤부와와 기술적인 면을 담당한 르루에 의해 1824년 9월 15일 창간되었다. 르루가 처음으로 편집에 참여한 이 잡지에서 그는 주위에 모여든 많은 집필진들과 교우를 맺으며 앞으로 펼칠 지적 사상의 기반을 닦는다.

당시 문예지라는 의미는 철학, 정치, 경제, 역사, 지리 등 광의의 모든 '문학 행위'[15]까지를 포함하고 있어 『글로브』지 주위에는 철학가인 꾸쟁(Cousin)과 정치가인 기조(Guizot), 문학비평가인 다미롱(Damiron), 레뮈자(Rémusat), 비테(Vitet), 생트-뵈브, 위고 등 여러 분야의 당시 대가들이 주요 집필진으로[16] 모여들었다. 기존 매체에 대한 당국의 통제가 엄격하고 새로운 정기 간행물의 창간이 자유롭지 않은 상황에서 『글로브』지는 왕정복고라는 정치체제에 대한 문화적 대응으로 전개되었다. 이 잡지는 부정기 간행물의 형식을 통해 당국[17]에 의해 주어진 몇몇 지면에 만족하지 못하고 지적 표현의 새로운 출구를 찾게 되는 것이다.

19세기 초엽 문학, 사상사에서 피에르 르루가 주도한 『글로브』지의 위치는 확고하다. 이 잡지의 한 축을 지탱하는 낭만주의 사조는 문학 작품이 문체의 형식뿐 아니라 작품의 내용상으로도 많은 자유와 새로움을 갖도록 길을 열어 주었고, 또 다른 축인 사회주의 사상은 산업사회로의 변화 과정에서 필연적으로 출현하기 시작한 비참하고 비인간적인 견디기 힘든 세상의 희생자들, 즉 무산계급을 어루만져 줄 수 있는 철학의 근간을 마련했다.

『글로브』지의 문학 이론은 오랫동안 문학의 정설로 자리잡고 있었던 고전주의 법칙과 통일성에 대한 반대이며 예술의 대혁명을 요구했던 것이다. 또한 왕정복고시대 보수파의 반동적인 태도에 회의를 느끼며, 당시의 문학 흐름에 반격을 가하기 위하여, 자유주의파 낭만주의자들이 『글로브』지를 중심으로 그들의 "새로운 사회에는 새로운 문학(à société nouvelle, littérature nouvelle)"이라는 기치를 뚜렷이 밝혔다. 이 잡지에서 출판과 편집, 인쇄를 담당한 피에르 르루의 폭넓은 세계관은 이런 기능적인 측면뿐 아니라 잡지의 방향을 이끌어 가는 안내자의 역할을 맡게 된다.

피에르 르루가 『글로브』지를 주도할 때, 당시 사회 상황을 보면, 왕정, 공화정, 제정 그리고 다시 왕정복고로 이어지는 정치적인 혼란 속에서, 프랑스 사회도, 다른 주요 유럽 국가와 마찬가지로, 자본주의체제로 급격하게 변하기 시작한다. 특히 나폴레옹의 패배 후 그 파장은 정치적인 후퇴에도 불구하고 경제적으로는 시민계급의 지배권을 강화시킨다. 이로 인해 자본주의의 폐해가 나타나기 시작하자. 이런 사회 변화를 영민한 직관력과 통찰력으로부터 인지하기 시작한 생-시몽은 빈민층의 열악한 생활 상태에 대하여 많은 생각을 쏟아낸다. 생-시몽주의자로 출발한 르루는 초기 『글로브』지의 철학적 경향이 주로 꾸쟁에 의해 주도되는 것을 탐탁지 않게 생각한다. 꾸쟁의 철학 개념은 감각에만 지나치게 의존하는 감각주의와 사유의 영역에서만 실재를 발견하려는 관념론, 인간의 내적 세계에만 관심을 갖는 신비주의 등 각각의 철학에서 참된 요소만을 결합시켜야 한다는 것이다. 19세기 왕정, 귀족정, 민주정의 요소가 혼합된 절충주의 정체가 필요하다고 생각한 꾸쟁은 철학에서도 여러 가지 체계들이 지닌 훌륭한 요소들을 결합시킨 절충주의 철학(Eclectisme)이 필요하다고 생각한다.[18]

권력 지상주의자인 꾸쟁이 『글로브』지와 멀어지고, 또한 1830년 뒤부아가 이 잡지를 떠난 후 피에르 르루는 유일한 경영자로 남는다. 생-시몽 사상에 많은 영향을 받았던 르루는 잡지의 재정적 어려움으로 인해 생-시몽주의자의 우두머리인 앙팡텡(Enfantin)에게 도움을 청해 『글로브』지의 경영을 공용하게 되고 『글로브』지는 생-시몽주의의 기관지(Journal de la doctrine de Saint-Simon)임을 자처하게 된다. 여론의 새로운 한 부문을 형성했던 생-시몽은 근대적 산업 세계와 생산자들의 통치를 감지한다.

"생-시몽은 죽기 전에 산업 세계에 대한 예언을 남겨 놓았다. '산업 계급은 사회의 기본적 계급이며 사회를 부양하는 계급이다' 라는 그의 말은 한 세기가 지난 오늘날에는 진부한 것이 되었지만 1825년에는 내용이 풍부하고 무게가 있는 말이었다. 생-시몽은 사회의 통치는 생산하는 자들에게 맡겨져야 하며 그 통치는 경제적인 동시에 과학적으로 조직되어야 한다고 예언했다. 그는 세계적인 규모의 결사의 도래와 진정으로 실증적이고 산업적인 체제에서 그것이 거둘 승리를 예고했으며 '가장 근면하고 가장 평화스런 계급이 공적 힘의 지휘를 맡게 될' 그러한 시대에는 야만시대가 종말을 맞게 되리라고 주장했다."[19]

생-시몽은 산업(industrie)이란 말을 더 이상 낡은 의미의 숙련으로 해석하지 않고 모든 모험과 진보에 열린 새로운 행동방식으로 보았다. 왕정복고시대 교권주의적이며 극우 왕당파적인 의향을 많이 드러냈던 사회 분위기에서 생-시몽주의는 탄생했다.

"그들은 매우 광범위하게 읽힌 신문인 『글로브』지를 활기찬 신문으로 만들었다. 점차로 소멸되긴 했지만 당시의 관행에 따라 『글로브』지도 제명을 가지고 있었다. 상당한 성공을 거둔 그 제명은 '각자에게 능력에 따른 일을, 각자의 능력에는 그 일에 따른 보수를' 이라는 것이었다. 이들은 완전히 소멸되지는 않았지만 안타깝게도 종교적 분파로 변모했다. 이 종교적 분파는 1833년 이후 비웃음의 대상이 되었다."[20]

일부일처제(monogamie) 폐지를 주장하고, 무산계급을 경멸하며 종교적 분파로 변질된 생-시몽주의에 회의를 느낀 피에르 르루는 1831년 생-시몽주의자와 결별하고 『글로브』지를 떠난다. 그러나 생-시몽을 가장 잘 이해했던 사상가 중의 하나인 그는, 19세기에는 새로운 사회를 조직, 건설해야 하고 이를 위해 19세기 사상가들은 사회 건설을 위한 방향 제시를 해야 한다는 생-시몽[21]의 의견을 믿고, 이후 피에르 르루는 독자적인 자신의 사상을 체계화시킨다.

엥겔스는 '유토피아 사회주의'의 대표로 생-시몽, 푸리에, 오웬 세 사람을 꼽는다. 그러나 이 사람들이 사회주의자로 자처하고 나선 것은 아니다. 사회주의라는 용어는 피에르 르루가 1834년 생-시몽주의자들을 비판하기 위해 쓴 글 「개인주의와 사회주의(*De l' individualisme et du socialisme*)」에서 유래한다.

이 글에서 르루는 개인주의(individualisme)와 사회주의(socialisme) 모두를 비판한다. 특히 영국에서의 경제적인 개인주의는 물질적 이익의 추구를 긍정하고, "자유라는 이름으로 인간을 탐욕스런 이리로 만들고 사회를 원자 상태로 분해하기" 때문이다. 반면에 사회주의는 조직화라는 이름 아래 개인의 자유와 자율성을 유린하고, "인류를 하나의 기계로 바꾸는 또 다른 교황 정치"를 주장하기 때문에 개인주의와 함께 비판받는다. '탐욕스런 이리'를 만드는 개인주의, '하나의 기계'만을 생산하는 사회주의 등 이런 것은 르루에게 있어 안이한 대답으로 대충 넘어갈 수 있는 문제가 아니었다.[22] 그래서 피에르 르루는 그의 기대를 북돋워 줄 요소의 하나로 인본주의 종교(Religion de l'Humanité)를 유지하고자 했다. 『글로브』지 이후 그가 발행에 참여한 백과사전, 잡지 등은 이런 이유로 종고 문제에 큰 관심을 갖는다.

3-2) 『라 르뷔 앙시클로페디크』(1831~1835)

『글로브』를 떠난 피에르 르루는 이폴리트 카르노와 함께 『르뷔 앙시클로페디크』를 출판한다. 르루는 1831년 9월 이 잡지에 「종교, 철학자……(*Religion, Aux philosophes*)」라는 기사를 처음으로 발표한다. 피에르 르루는 이곳에서 여러 학자들과 친분을 맺고, 이런 친분은 그의 지식의 폭(종교, 정치, 경제, 문학, 미술, 음악……)을 넓히는 데 많은 도움을 준다.[23] 또한 『글로브』지를 창간할 때부터 다음속에 지녔던 세계주의(cosmopolitisme) 정신을 피에르 르루는 이곳에서 한층 발전시킨다.

당시의 유럽 중심적 사고관에서 외국적인 것에 대한 단순한 동경이 아니라 다른 세계의 문화적 뿌리를 직접 조사, 저술하기 시작한 르루의 공과는 그 연구의 깊이뿐 아니라 선지자적인 의미가 있다. 이후 전개될 그의 지적 활동에서도 세계주의 정신은 큰 자리를 차지한다.[24]

3-3) 『앙시클로페디 누벨』(1833~1841)

"인성 자각의 일반적인 새로운 통합의 필요성"을 위하여 르루는 그의 동료 쟝 레이노와 함께 1833년 백과사전 30,000부를 발간한다. 『앙시클로페디 피토레스크(L'Encyclopédie Pittoresque)』로 처음 발간된 이 백과사전은 1835년 『앙시클로페디 누벨』이라는 제명으로 바뀐다. 이후 철학적, 과학적, 문학적, 산업적 사전임을 표방한 이 백과사전은 19세기 인성 자각에 도움을 주는 것을 목표로 한다. 지나간 역사가 미래의 거울이라는 것을 의심 없이 믿은 피에르 르루는, 미래의 새로운 비전을 제시하기 위해, 과거 역사, 특히 고대 종교에 관한 95개의 기사를 이 백과사전에 게재한다.

새로운 미래를 꿈꾸는 60여 명의 젊은 지식인들이 이 사전의 집필자로 참가해 디드로(Diderot) 이후 가장 주목할 만한 백과사전을 출간한다.[25] 이 사전의 두 축은 르루가 주도한 종교 사상에 관한 연구와 레이노가 심혈을 기울여 제시하는 지리에 관한 것이다. 마찬가지로 의사, 생물학자들이 참가해 저술한, 의학 관련 기사, 생리학 분야도 주목할 만하다.[26]

3-4) 『라 르뷔 엥데팡당트』(1841~1843)

『앙시클로페디 누벨』이 지나간 역사를 우리에게 밝혀주었다면, 『르뷔 엥데팡당트』는 당시의 시대 흐름을 조명하기 원한다. 현존하는 모든 사회 문제를 철저히 연구해 미래의 좌표가 될 이념을 만들기 위해 이전의 잡지와 마찬가지로 여러 분야의 전문가들이 이 잡지의 집필진으로 참여한다. 당시의 유력지, 우파의 대표지이며 친정부지인 뷜로즈(Buloz)의 『르뷔 데 드 몽드』지에 대항하기 위해 1841년

11월 창간한 이 잡지는 피에르 르루, 조르즈 상드, 그리고 루이 비아르도(Louis Viardot) 세 사람이 주도적 역할을 담당한다. 이 잡지의 자유롭고 솔직한 논조는 당시 유럽 지식인들을 매료시켜 프랑스인뿐 아니라 많은 유럽인 들이 『르뷔 엥데팡당트』를 정기 구독하였다. 또한 유럽을 다룬 소설 상드의 『꽁슈엘로(Consuelo)』가 『르뷔 엥데팡당트』에 연재되면서, 『꽁슈엘로』는 유럽인의 소설로 자리매김되어진다. 『꽁슈엘로』에 녹아든 피에르 르루의 사상은 상드의 글 솜씨로 전 유럽에 전파된다.

이 잡지의 관점은 당시 사회의 정치 현실만 다루기를 고집하지 않는다. 세 명의 주요 집필진은 피에르 르루를 중심으로 조르즈 상드는 음악과 종교적인 감성을, 미술에 조예가 깊은 루이 비아르도는 예술 분야를 담당한다. 프랑스 대혁명의 3대 정신 "자유(Liberté), 평등(Egalité), 박애(Fraternité)"가 부르주아지(Bourgeoisie)로 대변되는 계급에 의해 위협받을 때, 『르뷔 엥데팡당트』는 집필자들이 각자 대혁명의 이념을 이어받는다.[27]

피에르 르루	조르즈 상드	루이 비아르도
의식(Connaissance)	감성(Sentiment)	감정(Sensation)
평등(Egalité)	박애(Fraternité)	자유(Liberté)

『르뷔 엥데팡당트』지는 1848년까지 발행되지만, 1843년 1월 「새 활판 인쇄(d'une nouvelle typographie)」라는 기사를 마지각으로 게재한 피에르 루르는 편집권을 루이 블랑(Louis Blanc)에게 넘긴다. 그러나 편집장이 바뀐 후에도 이 잡지의 기본 정신은 바뀌지 않는다.

『르뷔 엥데팡당트』를 떠난 후 피에르 르루의 지적 활동은 다음과 같이 3단계로 나눌 수 있다.

① 부삭(Boussac) 공동체 시대(1843~1850) :『라 르뷔 소시알(*La revue sociale*)』창간.

② 망명기(1851~1859) : 루이 나폴레옹의 쿠데타 후 영국령 저어지 섬에 피신한 피에르 르루는 집필 활동을 멈추지 않는다.『골상학 강의(*Le cours de Phrénologie*, 1853)』.『에스페랑스(*L'Espérance*, 1858)』창간.

③ 프랑스 귀환(1859~1871) : 영국 망명 때 이웃이었던 빅토르 위고와의 철학적 대담 등을 글로 엮은『그레브 드 사마레즈(*Grève de Samarez*, 1863~1865)』간행. 직업과 노동문제를 다룬『죱(*Job*, 1866)』발간.

20대 초반부터 시작된 피에르 르루의 지적 활동은 19세기 격동적 시기에 맞서, 1871년 4월 12일 뇌졸중으로 갑자기 눈을 감을 때까지 반세기를, 올바른 인성이 뿌리 내리는 사회를 만들기 위해 많은 사상지를 창간하고 여러 편의 저서를 발간한다.

제 2 장

피에르 르루의 종교관

동·서양을 망라해 모든 종교에 관심을 가진 피에르 르루는 그의 정기 간행물(『르뷔 앙시클로페디크』, 『앙시클르페디 누벨』)에 종교에 관련된 많은 글을 발표한다. 특히 『앙시클로페디 누벨』에 철학적인 종교의 필요성을 천명하면서 대부분 종교사상사에 관한 95편의 논문을 게재한다. 종교를 보는 그의 영민한 통찰력은 글 이곳 저곳에서 진실함과 자유스러움으로 우리에게 다가온다.

여기서 우리는 초기 기독교와 종교개혁에 관한 그의 글에 주목하면서, 그가 영역을 넓힌 고대 동양 종교까지도 살펴보려 한다.

1. 서양 종교 비평

피에르 르루는 기독교의 변천 과정을 크게 중요시하며, 『앙시클로페디 누벨』에 서양 종교 문제에 관한 논문 수십 편을 게재한다. 이

백과사전에서 종교개혁 이전의 종교사에 관한 내용을 다룬 기사를
살펴보면,

　「아리아니즘(*Arianisme*)」—Tome Ⅰ, 1834 : 아리우스(Arius)파의
이단 교리, 그리스도의 신성함을 부인.
　「아르노브(*Arnobe*)」—Tome Ⅱ, 1836 : 늦게 기독교주의자로 개종한
라틴 수사학자.
　「오귀스텡(*Augustin*)」—Tome Ⅱ, 1836.
　「보나방튀르(*Bonaventure*)」—Tome Ⅱ, 1836 : 이탈리아 신학자
(1211～1274).

종교개혁 이후의 내용을 다룬 기사를 보면,

　「아르미니아니즘(*Arminianisme*)」—Tome Ⅱ, 1836 : 아르미니우스
파의 교리.
　「앙뚜안느 아르노(*A. Arnauld*)」—Tome Ⅱ, 1836 : 얀센파(jansé
niste)의 지도자인 프랑스 신학자.
　「베르클리(*Berkeley*)」—Tome Ⅱ, 1836 : 아일랜드의 신학자.
　「볼랑디스트(*Bollandistes*)」—Tome Ⅱ, 1836 : 벨기에 얀센주의자인
볼랑 지지자.
　「보슈에(*Bossuet*)」—Tome Ⅱ, 1836 : 프랑스 신학자.
　「칼뱅(*Calvin*)」—Tome Ⅲ, 1837.

일반적인 기독교 사상과 용어에 관련한 내용을 다룬 기사들은,

　「수도원(*Abbaye*)」—Tome Ⅰ, 1834.

「사제(*Abbé*)」—Tome Ⅰ, 1834 : 교구 사제의 호칭.

「은총(*Bénédiction*)」—Tome Ⅱ, 1836.

「신성모독(*Blasphème*)」—Tome Ⅱ, 1836 : 신성을 모독하는 불경한 언사.

「행복(*Bonheur*)」—Tome Ⅱ, 1836.

「옥새(*Bulle*)」—Tome Ⅲ, 1837 : 교황의 옥새, 교황의 칙서.

「시성식(*Canonisation*)」—Tome Ⅲ, 1837 : 성인품에 올리기.

「추기경(*Cardinal*)」—Tome Ⅲ, 1837.

「카스트(*Castes*)」—Tome Ⅲ, 1837 : 인도의 계급제도.

「교리문답강의(*Catéchisme*)」—Tome Ⅲ, 1837.

「기독교(*Christianisme*)」—Tome Ⅱ, 1837.

「종교회의(*Conciles*)」—Tome Ⅲ, 1837.

「고해(*Confession*)」—Tome Ⅲ, 1837.

「견진 성사(*Confirmation*)」—Tome Ⅲ, 1837.

「숭배(*Culte*)」—Tome Ⅳ, 1840.

이 다양한 논문 중에서 초기 기독고 사상의 이해의 폭을 넓히기 위해서는 피에르 르루의 글 중「오귀스텡」과「아리아니즘」에 주목할 필요가 있다 : 하나는(*Augustin*) 정통 기독교주의를 이해하는 데, 다른 한편은(*Arianisme*) 이단 기독교의 교리를 살피는 데 필요하다.

1-1)「오귀스텡(*Saint Augustin* : 354~430)」[1]

유태인의 전통적인 해석 방법에 따르면, 기독교는 하층계급인 목수의 아들 나자렛 제쥐 크리스트(Nazareth Jésus Christ)에 의해 팔레스타인 지방에서 처음 생겨났다. 유태인에겐 전부터 내려오는 민음이 있었는데, 어느 날 하느님이 보낸 메시아가 나타나 자신들을 구원해 줄 것이란 예언이었다. 당시 로마의 폭정에 시달리던 유태인들은 나자렛에게 기대를 걸었다. 당시 유태인들은 여러 종류의 당파로 갈라져 서로 주장하는 내용이 달랐다. 친로마파와 반로마파, 무장 봉기를 주장하는 파와 속세를 떠나 금욕적 생활을 하는 파 등으로 나뉘어졌다.

그러나 제쥐 크리스트의 가르침은 독특한 것이었다. 그가 한 첫번째 설교는 "때가 이르렀다. 하느님 나라가 가까이 왔으니 회개하고 복음을 믿으라"는 것이었다. 그의 설법은 가난하고 병든 사람, 멸시받고 손가락질 당하는 없는 사람들의 가슴에 파고들었다. 그는 회개하고 믿으면 누구든지 하느님 나라에 갈 수 있다고 이야기했다. 사제나 율법학자들처럼 민중 위에 군림하는 권위적인 계급도 아니었고, 그는 아무와도 가림 없이 어울리고 먹고 생활했다. 한편, 부와 권력에 빠져 위세 부리는 자들을 신랄하게 비난했다.

그래서 왕 헤롯을 지지하는 친로마파 사두개인과 반로마적이나 중류 지식층에 속하는 바리새인들은 예수를 위험 인물로 간주했다. 그래서 그들은 예수를 로마 총독 빌라도에게 고발해 결국 예수는 십자가형을 선고받았다. 십자가형을 받은 후 예수는 부활한다. 산상수훈(le Sermon sur la Montagne)에서 그는 열두 제자들의 사명에 관해 설파한다.

"나는 하늘과 땅의 모든 권한을 받았다. 그러므로 너희는 가서 이 세상 모든 사람들을 내 제자로 삼아 아버지와 아들과 성령의 이름으로 그들에게 세례를 베풀고 내가 너희에게 명한 모든 것을 지키도록 가르쳐라. 내가 세상 끝날까지 항상 너희와 함께 있겠다."[2]

인간 스스로 만들어낸 온갖 고통과 억압으로부터의 해방, 나 혼자만의 구원이 아닌 모든 사람의 구원을 예수는 생각했고, 그 제자들은 예수를 구세주로 믿고 따르는 기독교를 전파하기 시작했다.

예수의 사상을 기독교라는 종교로 만든 장본인이라 할 수 있는 폴(Saint Paul) 덕택에 1세기 중엽 기독교는 로마 제국 전체와 스페인까지 전파되었다. 기독교는 로마 제국내에서 탄압과 순교로 점철되는 수난의 길을 걸었기 때문에, 기독교 전파 초기 전도의 보고는 근동지방이었다.[3] 3세기 기독교 박해가 정점에 이르고,[4] 313년 밀랑 칙령(l'édit Milan)에 의해 로마 제국은 기독교를 허용한다. 마침내 떼오도즈(Théodose) 황제 때 교회의 힘에 굴복한 로마 제국은 390년 기독교를 국교로 인정한다.

아우구스티누스는 기독교에 대한 탁해가 사라진 밀랑 칙령 이후에 태어났다. 그는 라틴교회 교부(Père) 중 최대 교부이고, 초기 기독교 제일의 정통적인 신학자였다. 또한, 모든 카톨릭교의 신학자들은 그를 '교회의 최고 권위자(l'oracle de l'Eglise)', 그리고 이교도(도나파 les donatistes, 마니교도 manichéens, 펠라기우스파 pélagiens)들의 '절대승자(Vainqueur)'로 간주했다. 그는 392년 아프리카 타가스트(Tagaste)에서 태어났다.

아버지는 이교도였으나 어머니는 신심이 두터운 덕성을 갖춘 정숙한 부인이었다. 그는 라틴문학과 아리스토트(Aristote)철학을 배우고, 문법과 수사학을 카르타즈(Carthage), 로마(Rome), 밀라노(Milan)에서 가르쳤다. 한때는 마니교(Manichéisme)에 가입했으나 마니교의 이원론적 세계관이 너무 흑백논리에 빠진 것에 회의를 느낀 아우구스티누스는 8년간의 마니교도 생활을 마친다. 그후 신 플라톤(Platon)의 철학을 연구하여 진리의 실재를 배우려고 했으나 젊은 나이의 방황으로 인해 타락의 나락으로 빠진다. 이때 어머니의 아

들을 위한 눈물의 기도와 사랑이 타락에 빠진 아들을 회개시킨다. 회
개한 아들은 신 플라톤 철학을 기초로 하여 기독교 연구에 착수한다.
그는 앙브뢰즈(Saint Ambroise)의 감화를 받아 생 폴 서한 연구로 점
차 회심하여, 387년 34세에 앙브뢰즈에게 세례를 받고 오랜 여행의
종착지인 로마를 떠나 고향으로 돌아온다.

이런 아우구스티누스의 젊은 날의 생애 중, 피에르 르루는 그의
『앙시클로페디 누벨』에 실린 글에서, 아우구스티누스의 어머니를
'기독교도의 모든 덕성을 갖춘 전형(modèle de toutes les vertus
chrétiennes)' 적인 인물로 본다.[5] 또한, 르루는 아우구스티누스의 젊
은 날의 방황과 방황에 대한 솔직한 고백에서 인간적인 진정한 냄새
를 맡는다.

> "다른 많은 교부(Père)들은 애매한 모호함으로 그들의 모든 것을 포장
> 했기 때문에, 우리는 그들과 전혀 지적인 교감을 느낄 수 없다. 반대로 아
> 우구스티누스는 완전히 그를 내보였고, 그의 약함, 불안을 완전히 벗어
> 보였다. ……"[6]

이것은 피에르 르루가 독단적이고 권위에 가득 찬 기독교의 교리
로부터 인간적인 모습을 찾을 수 있는 중요한 단서를 제공하는 것이
다.

젊은 날의 인생 역정을 마친 아우구스티누스는 391년 이폰
(Hippone)의 주교, 감독관이 된다. 여러 이단 사상과 논쟁하고 교회
의 사상을 지도하여 기독교 신학의 정통적 교리를 수립한 그는 430
년 사망했다. 방대한 그의 저서를 보면,

『독백(*Soliloques* : 386~387)』.

『권위(*De Magistro* : 389)』.

『신약 시편의 긴 이야기(*Enarrationes in Psalmos* : 394~424)』.

『참회록(*Confessions* : 397~401)』.

『삼위일체(*De Trinitate* : 399~422)』.

『신의 도성(*La cité de Dieu* : 413~424)』.

『취소(*Rétractations* : 426~427)』.

아우구스티누스는 종교적 권위인 성서를 무상의 전형으로 삼고 공동교회의 권위를 주장하였다. 이로 인해 중세 카톨릭 교회는 그를 추존하였고, 당시 서방 기독교의 중심 문제인 죄와 은총의 문제에 있어서는 그의 사상이 항상 핵심이 되었다. 아우구스티누스의 사상을 전체적으로 검토해 보면, 하느님을 유일한 진실의 존재로 생각하고, 성부와 성자의 성령에 대한 관계가 동일해 삼위의 활동이 불가분리하다는 삼위일체론과 아담의 범죄와 그 결과의 벌이 온 인류의 파멸과 저주를 가져왔다는 원죄설, 그리고 인간의 자유의지 부정, 신의 사랑과 은혜를 사람이 거절할 수 없음을 가르친 예정론 등이 그의 이론의 중심 내용이다.

또한 아우구스티누스는 모든 이교도에 대항하여, 인간의 구원은 오직 신의 은총에 의해서만 이루어진다고 설파한다. 그러나 이교도들은 이것을 절대 수용하지 않았다. 중세 교회는 아우구스티누스를 이교도들에 대한 '절대 승자'로 간주하고 그의 이론만 만장일치로 채택한다. 이에 피에르 르루는 기독교 교리에 스머든 마니교 등,[7] 이교도의 교리를 강조하면서 이교도를 배척하는 기독교주의의 독단을 신랄히 비판한다. 피에르 르루는 아우구스티누스가 마니교의 이론을 어느 정도 간직하면서 기독교 이론을 확립했다고 강조한다. 실제로 아우구스티누스는 젊었을 때 마니교에 매료되었고, 기독교로 개종한 후에도 그가 강조하는 기독교의 활로에서도 마니교의 이론을 찾을 수 있다.

　기독교가 비록 마니교를 이단으로 몰아 파문했다 할지라도 "마니교는 기독교의 가장 분명한 원리들 중의 하나를 이루고 있다. (…) 기독교는 마니교에서 이론을 빌려왔고 그것을 채택했다."[8]라고 피에르 르루는 말한다.

　아우구스티누스는 인간이 신(Dieu)의 발밑에 놓인 존재라는 것을 증명하기 위해 그는 '원죄론(l'idée de péché original)'을 강조한다.[9] 아우구스티누스는 그의 『참회록』에서 '죄악(mal)'의 이론을 다음과 같이 설명하면서, 이것을 사탄(Satan)의 영역으로 간주한다.

사랑(Amour)	탄생(Naissance)	쾌락(Plaisir)
남자와 여자	아버지와 자식	삶의 열정
죄악의 근원(아담과 이브)	사랑의 부산물	탐욕의 원천

　이런 아우구스티누스의 사상을 피에르 르루는 다음과 같이 반박한다.

　"우리는 모두 아담에 의해 죽은 존재인가? 죄악이 모든 것을 사로잡았는가? 아니다! 당신들은 아이들이 무고하고 순수한 존재라는 것을 믿는다. 당신들은 예수가 아이들의 마음을 닮으라는 충고를 기억한다. 그러나 아우구스티누스는 당신에게 아이들의 죄악을, 더듬거리는 아이들의 원죄를 보여주려 한다……."[10]

　중세의 수도적 삶 속에서 기독교의 교리는 아우구스티누스의 규칙을 쫓아갔다. 그러나 그의 교리는 재속 성직자(clergé séculier)보다는 오히려 수도 성직자(clergé régulier)에게 적용되는 것이다. 아우구스티누스의 이론에 반대하여 피에르 르루는 인간의 입장을 옹호한다. 더 이상 인간은 신의 노예가 아니고, 신의 발밑에 놓인 존재가 아닌 것이다.

이교도 문제에 있어서도, 아우구스티누스가 마니교를 비난했다 할지라도 그의 기독교론에는 마니교의 흔적이 묻어나고, 또한 기독교도들이 마니교를 이단으로 파문했어도 마니교는 중세의 카톨릭교뿐만 아니라 신교(Protestantisme)에서도 중요한 자리를 차지한다.[11] 『앙시클로페디 누벨』에서, 피에르 르루는 기독교에 미친 이교도의 영향을 밝혀냈고, 인성의 진보를 위해 이교도의 중요한 이론들을 이해하기를 원했다.

1-2) 「아리아니즘(*Arianisme*)」

여러 세기에 걸친 발전과 변천에도 불구하고 19세기 초 기독교는 아직 진정한 이상과는 거리가 있었다. 피에르 르루는 이단이라 무시되어진 이교들에 대한 정당한 평가가 당시 필요한 새로운 종교의 원천이라 생각했다. 그는 동양 종교까지 껴안으면서 기독교 초기, 서양 혹은 근동에서 나타나 정당하지 않은 이유로 잊혀진 종교 이론들을 다시 발굴하기 시작한다.

이를 위해 르루는 알렉상드리(Alexandrie) 교회의 사제이고 설교자였던 아리우스(Arius 280~336)와 그의 추종자들이 설립한 이교인 아리아니즘에 주목한다. 예수를 정통교회에서는 하느님의 아들이라 부르는데 이들은 성부(Père)와 성자(Fils)의 관계를 인간의 부자 관계로 유추하여 아들은 출생 이전에 한때 존재하지 않은 때가 있었던 것과 같이 성자도 한때 존재하지 않았다는 것이다. 그리고 예수는 신이 아니고 지음을 받은 분이고 능력과 지혜에 제한이 있고 도덕적으로는 죄를 범할 수 있으므로 역시 예수도 은혜와 도움을 필요로 하는 분이라 했다. 즉 그 본질과 영원성에 있어 예수는 신이 아니고 그 중간이라 하였다. 아리우스와 그 추종자들은 예수의 인간성을 강조한 끝에 예수의 신성을 부정한 것이다. 이런 교리로 인해 325년 니세(Nicée) 공의회와 381년 콩스탕티노플(Constantinople) 공의회에서 아리아니즘은 정통 기독교로부터 이단으로 판명받았다.

그러나 진리(Verité)의 연구를 위해 기독교의 근원을 파헤치려는 르루에게는 로마 제국의 안정을 꾀하기 위해 정통이다, 이단이다로 나누는 이분법에는 크게 관심이 없었다. 그의 연구 목표는 진정한 인성을 위한 종교의 연구였기 때문에, 그는 다신교까지 포함한 모든 종교에 관심을 갖는다.[12] 삼위일체의 신(Trinité)에 관한 공통점을 기독교 교리와 고대의 다신교에서 찾으려 노력한다. 특히 제 2의 신인, 즉 예수(Verbe de Dieu)의 환생론에 깊은 관심을 갖는다. 제 2의 신에 관해서는 기독교와 고대 종교의 철학 사이에 떼어놓을 수 없는 공통점이 있다고 피에르 르루는 주장하면서 기독교의 근원을 그리스-로마 철학과 고대의 다신교까지 끌어올린다.[13]

제 2의 신을 보는 관점 때문에 파문을 받은 아리아니즘 이전에도 예수에 관한 여러 이론이 존재하고 있었다는 것을 르루는 강조한다.

사벨리우스설(Sabellianisme) : 신위유일론(l'identification complètement Dieu et Jésus).

트리테이설(Trithéisme) : 신과 예수의 분리(la séparation entre Dieu et Jésus).

에비옹주의(Ebionisme) : 예수는 인간일 뿐이다(Jésus n'est plus qu' un homme).

이렇듯 아리아니즘 전의 이교를 정리하면서, 또한 르루는 그들이 갖고 있는 종교로서 자리잡을 수 없는 깊이의 모자람, 철학의 부재 등, 숨길 수 없는 결함들을 들추어낸다.[14]

1-3) 종교개혁 이후

독일 역사에서 16세기 초는 매우 혁명적인 시기였다. 루터(Martin Luther)의 종교개혁, 뮌처(Thomas Münzer)의 제세례파 (anabaptiste) 운동과 농민전쟁이 모두 16세기 시작과 함께 상호 깊은 관련을 맺고 일어났다.

루터의 종교개혁 운동은 1517년, 그가 95개조의 반박문으로 교황의 면죄부(Vertus des indulgences) 판매를 비난한 데서부터 시작한다. 성베드로 사원을 지을 비용을 마련하기 위해 교황이 짜낸 묘안인 면죄부는 이것을 사는 사람은 죄를 용서받고 천당에 갈 수 있다는 증표이다. 당시 비텐베르크 대학 신학교수로 있던 루터는 교회 벽에 95개조의 반박문을 내건다. "······제 6조, 교황은 신이 용서한 바를 선언하고 확증하는 외에 어떤 죄도 용서할 수 없다. 제 27조, 그들은 돈궤 속에 던진 돈의 소리로 영혼이 천당에 간다고 설교한다. 제 37조, 참다운 기독교인은 교회의 축복을 나누어 갖는다. 이것은 사면장 없이 신이 그에게 내려준 것이다······."

그의 반박문은 독일뿐 아니라 전 유럽에 큰 반향을 일으켰다. 3년 후, 1520년 그는 3편의 논문을 발표하면서 교황과 성직자의 부패, 타락을 고발했다. 1521년 마침내 그는 교황으로부터 파문을 선고받았고, 독일 황제에 의해 추방을 당한다. 프레드릭(Frédéric de Saxe) 공작의 발트부르크 성에 피신한 그는, 이곳에서 열 달을 머물며 라틴어로 된 '신약(Nouveau Testament)'을 독일어로 번역한다.

이 신약의 출간은 이제껏 성직자들의 전유물이었던 성서가 일반 민중에게 널리 읽히게 된 것이다. 이로 인해 루터주의(luthéranisme)는 독일 전역에 황제의 탄압에도 불구하고 빠르게 퍼져 나갔다.

루터는 인간의 구원이 교회나 성직자를 통해서가 아니라 신앙과 은총, 말씀에 의해서만 가능한 것이라 주장하고, 그 신앙의 근거는 성서라고 했다.

1555년 아우구스부르크 화의(paix d'Augusbourg)에서 루터교는 공인되고, 이는 독일을 중심으로 스칸디나비아 지방 전역에 걸쳐 발전하기 시작했다. 마찬가지로 프랑스와 스위스, 네덜란드에서도 즈빙글리(Zwingli)와 특히 칼벵(Calvin)에 의해 종교개혁의 흐름이 확산되는데, 여기서 우리는 『앙시클로페디 누벨』에 실린 종교개혁에 관한 피에르 르루의 두 중요한 논문 「칼벵」과 「아르미니아니즘(*Arminianisme*)」에 주목해 보기로 한다.

1-4) 「칼벵(1509~1564)」

1523년부터 파리에서 신학을 공부하고, 1532년 세네카의 『관용에 대하여』의 주해를 발표한 칼벵은 인문주의자로서 학문적 재능을 인정받았다. 1533년 에라스무스와 루터를 인용한 이단적 강연의 초고를 썼기 때문에, 숨어지내면서 교회를 초기 기독교의 순수한 모습으로 복귀시킬 것을 다짐하고 카톨릭과 결별하면서 프로테스탄트주의의 입장을 명확히 했다. 1835년 스위스의 바젤로 피신한 그는 36년 『그리스도교 강요(*Institutio christianae religionis*)』를 저술하여 박해받고 있는 프랑스의 프로테스탄티즘에 대해 변호하고 그 신앙을 옹호하였다. 당시 즈네브의 종교개혁 운동에 참가하여 신정정치에 기반을 둔 엄격한 개혁을 추진하려 했다. 이런 이유로 스위스에서 추방되어 프랑스의 스트라스부르로 갔다. 이곳에서 『로마서 주해』를 저술하고, 3년 후 즈네브로 다시 가 1842년 『교회규율』을 제정하고 교회제도를 정비하여, 그곳의 인문주의자들을 누르고 즈네브의 일반 시민에게도 엄격한 신앙 생활을 요구하며, 신정정치적 체제를 수립하였다.

그러나 300년이 지나 피에르 르루의 관점에서는 칼벵은 진정한 종교개혁을 원하는 인물이 아니었다. 루터가 '자유의 몸짓(signal de liberté)'으로 진정한 종교개혁을 원한 데 반해 칼벵은 기존 조직의 재구성에 불과했다. 교회 설립 문제에서도 루터는 교회의 해체를, 칼벵은 교회의 재건을 주장했다. 교리면에서도 차이를 살펴보면,

루터	칼벵
모든 이교들을 위한 해방자	모든 이교도들의 박해자
(Emancipateur au profits	(Persécuteur de toutes
toutes les hérésies)	les hérésies)
교회의 파괴자	교회의 지지자
(Destructeur)	(Souteneur de l'église)
미래를 위한 비젼 제시	현재에 집착
(proposer une vision de l'avnir)	(attachement au présent)

피에르 르루는 그의 글에서 칼벵을 '이단 종파(secte)'로 간주하면서 신랄하게 비판한다.

"프랑스에서 칼빈주의는 반세기 동안 전쟁을 일으켰다. 그러나 이 전쟁은 칼빈주의를 건설하지 못했다. 칼빈주의는 재침례파(anabaptisme)의 대안으로 떠올랐으나, 곧 그것에 혐오를 느끼고 포기했다. 왜냐하면 칼빈

주의는 종파에 불과했기 때문에"[15]

르루는 칼벵을 법률가나 정치가로 취급하여, 인성과 함께 하는 인류의 진보를 바라지 않는 인물로 본다. 자기중심적인 그의 성격 때문에 믿음은 오직 그만을 위한 것이다. 과거를 되새기는 따뜻한 마음, 미래를 생각하는 진취성이 결여된 오직 현재에만 집착하는 인물인 것이다. 그래서 르루는 칼빈주의를 죽은 교리로 본다.[16]

그러면 이러한 신랄한 비판은 어디서 오는 것일까? 19세기 당시 칼벵을 계승한 정치가 기조가 7월 왕정의 정치를 담당하고 있었다. 기조는 그의 경제 정책을 실현시키기 위해 부르주와 정신과 가장 잘 맞아 떨어지는 칼비니즘을 그의 정치 이상에 결합시킨다. 이런 이유로 칼비니즘을 자본주의의 모태로 본다.

한 종교가는 종교개혁을 통해서 과거의 교회를 다시 찾기를 원했고, 정치가는 혁명을 통해서 왕정을 추구하였다. 칼벵은 종교개혁의 해로운 아들(mauvais fils)이고, 기조는 혁명의 해로운 아들이다.

1-5) 「아르미니아니즘」

칼빈주의자들은 아르미니우스파의 신자와 고마리스트(gomariste)로 나뉜다. 아르미니우스(1560~1609)는 신학적으로 처음부터 비교적 자유로운 입장에 섰는데, 동료인 고마르(Gomar, 1563~1641)와 예정설(prédestination) 해석 문제로 논쟁을 벌였다. 엄격한 칼벵의 예정설에 반기를 들어 온건하게 해석하면서 아르미니우스는 많은 지지자를 얻어 아르미니우스파를 창설한다. 이후 아르미니주의자들은 그들의 사상을 발전시키는 것을 게을리 하지 않는다. 인간의 자유와 종교의 자유를 위해 논쟁하기 두려워하지 않았기 때문에 이들은 '간

쟁파' 혹은 '항의파(remontant)'로 불리워졌다.

역사적으로 이 파의 중요성은 그리 크지 않지만 인간과 종교의 자유를 위해 싸운 아르미니우스파에게 피에르 르루는 종교개혁사의 하나의 고리로서 중요한 위치를 부여한다.[17] 1560년경 칼벵이 프로테스탕의 새로운 교황으로 군림했고, 즈네브가 증교개혁의 교황청으로 유럽에 영향을 끼쳤다. 40년 후 아르미니우스는 칼빈주의자들의 독재에 대항하여 그의 사상을 천명하기 시작한다. 당시, 칼빈주의가 독재와 배척으로 신교 국가의 성직자 사회를 지배하고 있었다. 칼빈주의 후에 아르미니엥들은 인간의 자유를 위해 칼빈주의에 반대했고, 고마니스트들은 칼빈주의의 변함없는 계승자로 남았다.

아르미니엥	고마리스트
미래의 종교	현재의 종교
이해와 자유	권위와 독재
자유 공화정 추구	절대 권력의 갈망
보편성(Universalisme)	배타주의(Particularisme)

피에르 르루는 인류의 진보와 새로운 기독교의 징후를 칼비니즘에 의해 짓밟힌 아리미니아니즘에서 찾기를 시도했다. 왜냐하면 아르미니아니즘과 루터주의가 진실된 프로테스탄티즘으로 가는 연속적인 과정이었기 때문이다.[18]

17세기 종교, 정치, 경제적 이유가 동기가 된 일련의 전쟁을 통해 왕권은 강화되고, 교황의 권력은 약화된다. 이런 이유로 프로테스탄티즘은 점진적으로 전 유럽에 확산되고, 마침내 정치와 종교의 분리를 보게 된다. 철학자들은 무지와 종교적 광신으로부터 해방을 원하고, 백과전서파들에 의해 새로운 사상이 확산된다. 게다가, 이때부터 특히 종교에 관련된 다른 지역의 문명에 흥미를 갖기 시작한다.

2. 동양 종교 비평

　종교에 관한 피에르 르루의 연구는 기독교에만 머물지 않았다. 그가 이해했고, 그리고 관심을 가졌던 종교들은 바라문교(Brahmanisme), 불교(Bouddhisme), 유교(Confucianisme), 회교(Islam) 등이다. 당시 유럽인들은 기독교가 아닌 종교들에 대해서는 무지했기 때문에, 르루가 발표한 타종교들의 교리, 사상, 철학 등은 당시 지식인층에 큰 반향을 일으켰다. 피에르 르루는 기독교와 다른 종교들의 역사적 만남도 정리했고, 이제 기독교가 더 이상 기피만 할 수 없는 세계 종교(유교, 불교 등……)의 이해를 통해 신 기독교(Nouveau Christianisme)로 다시 태어날 것을 그는 주장한다.

　유럽에서는 중세까지만 해도 타종교의 유입이 거의 불가능했다. 그러나 르네상스(Renaissance)와 더불어 타종교에 대해 괄목할 만한 접근이 시작되었는데, 이런 개방 분위기의 촉매제 역할은 신대륙 발견(la découverte du Nouveau Monde)이 맡는다. 그러나 타종교가 유럽에 끼친 정신사적, 문화사적인 영향을 가늠하는 척도는 친화력에만 관심을 기울였기 때문에 유럽에 맞는 요소들만 선택되고, 이것만이 정신사의 영역으로 편입되어지는 결과를 낳았다. 이런 것은 어떤 종교의 전체적인 모습을 이해하는 데 턱없이 부족했고, 결국 종교의 본래 모습은 만날 수 없게 되었다. 다시 말해 르네상스 이후로 유럽이 그 이전 중세에 비해 타종교에 대해 훨씬 큰 친화력을 가지고 있었지만, 종교적으로는 여전히 기독교의 테두리를 벗어나지 못했다는 것이다.

이런 이유로, 단순한 친화력의 관계를 넘어 기독교와 세계 다른 종교와의 공통점, 더 나아가 융합의 가능성을 타진한 피에르 르루의 글을 여기서 살펴보려 한다. 우리가 다룰 르루의 논문을 정리하면,

「철학—유교 교리와 기독교 교리와의 관계(*Philosophie—Des rapports de la doctrine de Confucius avec la doctrine chré-tienne*)」:『르뷔 앙시클로페디크』, Tome LIV, 1832.
「바라문교와 불교(*Brahmanisme et Bouddhisme*)」:『앙시클로페디 누벨』, Tome III, 1837.

2-1)「철학—유교 교리와 기독교 교리와의 관계」

르네상스 시대 이후, 근대 유럽에서는 중국 종교에 비교적 큰 친화력을 보여주었다. 이는 중국 선교라는 사명을 띠고 예수회(Jesuite)가 중국에 건너간 후 그들을 통해 중국의 유교 윤리가 유럽에 들어왔기 때문이다. 이들은 이미 1687년 공자의 말 모음집인『논어(Louen-yu)』와『대학(Ta hiue)』,『중용(Tchong-Youg)』 등 세 편의 유교 경전 번역을 내놓았다.[19] 프랑스에서도 소르본느(Sorbonne)대학은 유교의 영향을 받아 유교 연구의 본산이 되다시피 했다. 볼테르(Voltaire) 또한, 중국이라는 세계에 매우 경도되었으며 중국의 현인들에게 감명을 받았고, 이를 통해 그 자신이 가진 사상의 모델을 발견했다고 그는 밝혔다.

마찬가지로, 19세기 초 유럽 지식인들 사이에서는 중국에 관심을 갖는 것이 유행이었고, 중국에서 온 모든 것에 대해 그들은 흥미를 느꼈다.[20] 그러나 피에르 르루는 중국 철학과 중국 종교에 경도된 유럽의 18세기 흐름에서 유럽인들이 중국에 갖고 있던 잘못된 인식을

지적한다.[21] 특히 예수회 교도들이 중국에 기독교의 교리를 전도하기 원하면서 공자(K'ong-fou-tseu)를 신으로 간주한 것에 대해, 르루는 그것을 신랄하게 비판한다. 동양 사람들에게 공자는 절대 신이 아니고, 그는 인간의 행복을 위한 도덕을 가르치는 스승이라고 그는 주장한다.

"공자는 인간들에게 가장 순수한 덕성을 전하는 현인이다."[22]

르루는 중국의 4서 『논어』, 『맹자(Mongtseu)』, 『대학』, 『중용』을 소개하면서, 이 복음서(Evangile)는 인성의 진보를 위해 인간의 입으로 전하는 살아 있는 복음서로 간주한다. 또한 유교 안에 있는 이웃에 대한 초자연적인 사랑(charité)의 위대성에 대해 르루는 찬사를 보낸다. 유교의 정신은 기독교와 마찬가지로 인성의 사랑에 기초를 두었다고 말하면서, 다른 문화를 존중해야 할 필요성을, 그렇지 않으면 적어도 이해는 할 수 있어야 한다고 피에르 르루는 강조한다.

"만약 기독교도들이 공자와 그의 무신론적 교리를 비난했다면, 중국인들은 그들의 차례가 되어 예수와 우상주의 신봉자들을 비난할 것이다."[23]

르루는 유럽인의 우월감, 기독교에 대한 그들의 자만심에 유감을 표시하면서, 인간 정신의 진보와 인성 통합을 위해서는 다른 문화의 이해가 절대적으로 필요하다고 그는 재차 주장한다. 이런 외래 문화, 종교에 대한 연구가 '인성자각의 일반적인 통합'을 위한 것임을 그는 밝힌다.[24] 피에르 르루에게 종교와 철학은 실제로 동의어로 쓰인다.

2-2) 「바라문교와 불교」

18세기에 유럽에서 공자 사상이 큰 친화력을 보여주었다면 19세기 낭만주의 시대에 들어서는 인도에 대한 열정과 관심이 대단히 높았다. 그리고 이런 인도에 대한 관심은 오늘날까지도 이어져 지식인 계층에 널리 퍼져 있을 뿐 아니라, 인도 종교를 바탕으로 한 신흥종교들이 눈에 띄게 많이 등장하고 있다. 인도의 이국적인 모습만을 너무 흠모해 그것을 지고지선의 지혜와 궁극적인 앎의 전부로 평가하는 경향이 있긴 하지만 중국이 18세기 계몽주의 시대에 끼쳤던 영향과 비교해 보면 더 큰 친화력을 가지고 있다는 것은 사실이다.[25]

피에르 르루는 그의 기사에서 인도에 관한 디드로 백과사전의 글에 어느 정도의 의미를 부여하지만, 그러나 이 백과사전이 인도 종교를 바라보는 시각에는 많은 문제점을 갖고 있다고 밝힌다. 이 백과사전에서는 인도 세계를 이해할 수 없고, '믿기지 않는 불합리의 잡지식(amas d'incroyables absurdités)'만을 찾을 수 있다고 불만을 이야기한다. 마찬가지로 르루는 이전에 발표된 인도에 관련된 글 중, 그곳에 나타난 많은 결함을 지적한다.[26]

"호기심 어린 여행객들에 의한 인도의 관찰은 우리에게 보잘것 없는 것만을 알 수 있도록 허용하고, 인도의 역사의 진실에 다가서는 것을 허용하지 않는다."[27]

당시 유럽은 아시아를 특히 종교적인 측면에서 문명의 보고로 간주했다. 그러나 르루는 이런 관점을 넘어 미래를 위한 인성의 흐름 속에 각인된 하나의 사상으로 바라문교를 자리매김한다.[28] 예수 2000년 전에 탄생한 가장 오래된 이 종교의 영향에 의해 이집트나 그리스의 다신교가 생겨났다고 피에르 르루는 본다. 또한 기독교의 삼위일체론(doctrine de la trinité)도 바라문교의 그것에 기초를 두었다고 감히 말한다.

"피타고라스와 플라톤 철학의 근원에는 인도 철학이 스며 있지 않은가? 기독교를 구성하고 있는 삼위일체론은 인도 종교의 기저에 있는 그것에서 발견하지는 않았는가?"[29]

19세기 초 유럽은 그동안 잊혀졌던, 가장 오래된 문화를 가진 인도의 사상을 다시 발견해야만 하는 필요성을 인지하고 있었다.[30] 피에르 르루는 그의 논문에서 우리에게 인도에서 가장 오래된 신화적 제식문화를 집대성한 『베다(*Véda*)』를 소개하면서 글을 시작한다. 베다라는 말은 산스크리스트어 비디야(Vidya)에서 온 말로 라틴어의 비데레(Videre)에 해당되는데 의미는 '지식' 또는 '과학(science)'으로 풀이할 수 있다. 전통적 방법에 따라 르루는 4종류로 분류하며,

> 『리그 베다(*Rig-Véda*)』: 운문(Vers).
> 『야주르 베다(*Yadjour-Véda*)』: 산문(Prose).
> 『사마 베다(*Sama-Véda*)』: 가창(Chant).
> 『아타르바 베다(*Atharva-Véda*)』: 주술.[31]

다음과 같이 말한다.

"베다는 아주 뛰어난 과학이다. 가장 진보된 진짜 과학이다. 다시 말해 신의 과학이다."[32]

피에르 르루는 실제로 당시까지 베다를 전혀 알지 못했다고 인정하면서, 그는 인도 문명 도입 과정과 번역 문제에 관한 몇몇 문제점을 지적한다.

"산스크리트어를 아는 사람이면 아타르바 베다를 어려움없이 읽을 수 있을 것이다. 그러나 다른 베다의 문체는 너무 고어체이고, 대부분의 단어들이 일상어와 동떨어져 있기 때문에, 의미를 제대로 찾아야 하는 올바른 번역이 필요하다. 그러나 지금의 번역으로는 진실을 이해하기에 많은 어려움이 있다."[33]

마찬가지로, 르루는 모호하고 난해한 방법으로 인도 종교나 사상을 번역하는 당시 작가들의 능력에 회의를 품으면서, 그는 모든 과학적 방법을 동원한 심도 있는 연구를 원한다. 르루는 또한 고대 인도의 백과전서적인 『마누법전(Lois de Manou)』에서 찾아낸 '윤회론(métempsycose)'에 깊은 동감을 표시한다.[34] 이 윤회론은 인도 고대 종교의 중요한 교리인데 당시 유럽에서는 철저히 무시되고 있었다. 이 윤회 사상은 조르즈 상드가 르루의 철학을 대변한 소설로 평가되는 『꽁슈엘로(Consuelo)』의 기저를 이룬다. 이 소설의 성공으로 많은 유럽인들은 윤회론을 이해하게 된다.

피에르 르루는 인도의 고대 종교와 기독교 사이에서 공통점을 찾는데 그것은 브라마니즘(바라문교)과 비슈누이즘(Vichnouïsme)의 관계가 유태교(Judaïsme)와 기독교의 관계와 비슷하다는 것이다.[35] 또 기독교에서 보여준 삼위일체론을 르루는 인도의 고대 종교에서 발견했다.

브라마(Brahma)　　　비슈누(Vichnou)　　　시바(Siva)

성부	제 2의 인물	제 3의 인물
전지전능한 신	창조자	반인간
신	구세주	지고지선의 혼

마침내 인도 종교의 마지막 형태인 불교(Bouddhisme)가 싯다르타 고타마(Siddharta Gautama)에 의해 예수보다 500년 전에 창시되었다. 처음에는 종교라기보다는 오히려 실용적인 철학으로 시작되었다. 불교는 인도에서는 소수 종교로 간주되지만 아시아에서 가장 중요한 종교의 위치를 차지한다.[36]

'모든 문화의 바탕에는 종교가 자리잡고 있다.' 역사를 풀어내는 열쇠는 바로 종교이고, 종교가 역사를 이끄는 원동력이다. 이런 이유로 피에르 르루는 기독교와 다른 종교들의 역사적 만남을 주선한다. 여기에는 기독교와 비교해 상위의, 하위의 종교도 존재하지 않는다. 모든 종교는 한데 어울려야 하고, 그렇지 않으면 적어도 서로를 존중해야 한다.

기독교만이 인간의 정신 세계를 위한 유일한 종교라는 낡은 관념을 피에르 르루는 철저히 부정한다. '예수는 더 이상 신이 아니다'라고 선언하면서 그는 기독교를 대신할 새로운 종교를 천거한다. 그것은 바로 인본종교(religion de l'Humanité)이다.

3. 피에르 르루의 새로운 종교

우리가 이미 주목한 것처럼, 피에르 르루는 모든 종교를 이해하기를 원했다. 그는 기독교 교리의 독단적인 면을 비난하며 인성에 바탕을 둔 '새로운 종교(nouvelle religion)'를 권유한다.

그의 관점에서는 신체와 영혼을 분리할 수 없듯이 종교 없이는 진정한 삶을 영위할 수 없다. 그러나 그의 새로운 종교는 기독교 교리로부터는 멀리 떨어져 있다. 그러면 그는 어떤 종교를 권하는 것인가? 종교에 관한 그의 글을 분석함으로써 우리는 피에르 르루의 종교관을 정리하고 그 성격을 규명하고자 한다.

「기독교(*Christianisme*)」, 『앙시클로페디 누벨』, Tome Ⅲ, 1837.
「평등(*Egalité*)」, 『앙시클로페디 누벨』, Tome Ⅳ, 1838.
「인성론(*De l'Humanité*)」, Perrotin, 1840 [37]

3-1) 「기독교」

1837년 피에르 르루는 『앙시클로페디 누벨』에 기독교의 독단적 교리를 밝히기 위해 「기독교」란 기사를 게재한다. 마찬가지로, 이 글에서 그는 18세기 철학의 종교에 대한 책임도 잊지 않고 강조한다. 당시, 기독교와 18세기 철학의 투쟁은 철학의 승리로 끝을 맺는다. 철학 앞에 머리를 숙인 기독교는 마침내 인성에 의해 비현실적이고 잘못된 교리가 밝혀졌다.

'예수의 신격화(la divinité du Christ)'로 대변되는 기독교의 잘못된 교리와 '신정정치(la théocratie)'로 나타난 카톨릭의 절대적 권위는 오랫동안 인간을 지배했다. 그 결과로,

"교회가 지상에 잔혹한 독재체제를 만들었고, 부도덕하고 가증스런 맹신이 십자가의 비호 아래 어디서나 움튼 것은 사실이다."[38]

기독교의 기원에서 고대 종교와 고대 철학이 매우 중요한 위치를

차지함에도 313년 밀라노 칙령 이후 기독교의 승리는 자만심으로 가
득 차 모든 고대의 종교, 철학을 무시하고 배척했다.[39]

물론 18세기 철학의 영향 아래 태어난 피에르 르루지만 또한 19세
기 철학의 길을 인도할 의무가 있기 때문에 그는 그의 자양분인 이전
의 철학에서 다시 태어날 필요가 있었다. 그래서 『그는 18세기 철학
의 승리가 이전 기독교가 범했던 마찬가지 실수를 하고 있다고 규정
하며 계몽주의 철학의 반쪽 승리를 비판한다.

르루는 철학의 결정적인 실수를 기독교의 폐습을 없애기 위해 모
든 종교를 거부한 것에 두고 있다.[40] 그러나 그에게는,

"종교없이 산다는 것은 가장 고통스런 벌이다. 종교없이 사는 것, 그것
은 삶이 아니다. 그것은 암흑속에서 떠돌아 다니는 것이다."[41]

르루는 두 분야(종교와 철학)의 조화를 원하지만, 그는 기독교의 잘
못되고 상하기 쉬운 부분은 단호히 거절한다. 예수의 신격화라는 교
리는 그에게 거침없이 거부당한다.

"예수는 신이 아니다. 마리, 그의 어머니 역시 신이 아니다. 성령
(Saint-Esprit)은 절대 내려오지 않았고 성체 용기(colombe)로 절대 내
려오지 않을 것이다."[42]

6년 후, 1842년 4월 피에르 르루는 같은 글을 『르뷔 엥데팡당트』
에 다시 게재하면서 인성종교라 이름지어진 새로운 종교의 이론을
세우기 위해 다음을 첨가한다.

"우리는 예수의 아들도 아니고 모세의 아들도 아니다. 우리는 다만 인

간의 아들이다."[43]

3-2) 「평등」

1838년 피에르 르루는 『앙시클로페디 누벨』에 주목할 만한 기사 「평등」을 발표한다. 여기서 그는 '자유', '평등', '박애'에 대응하는 그만의 표현 '감정', '의식', '감성'을 우리에게 명백히 밝힌다. 그에게 있어 '평등'과 '의식'은 동일어이다. 그는 혁명의 3대 정신 '자유', '평등', '박애' 중에서 '평등'을 가장 숭고한 사상으로 간주한다.

예수는 "인간은 빵으로만은 살수가 없다. 인간은 깨달음과 진리로 산다"고 말했다. 그러나 180여년동안 기독교가 유럽을 지배했을 때 예수의 이 말씀은 전혀 실현되지 않았다. 그래서 피에르 르루는 자문한다.

"깨달음은 어디에 있나? 진리는 어디에 있나? 사회가 아이들에게 주는 정신적인 식량은 어디에 있나?"[44]

불평등의 끔찍한 시대는 오랫동안 계속되었다. 평등없이는 어떤 자유도 가능하지 않다.[45] 그래서 피에르 르루는 평등을 위한 주목할 만한 사건을 루터나 칼벵의 종교개혁이 아닌 위클리프(Wiclef)와 쟝 위스의 15세기 종교개혁에서 찾았다.

"위클리프와 위스, 이들 위대한 순교자들은 모든 사람을 담을 수 있는 잔을 요청했다. 다시 말하면, 평등이라는 잔을…"[46]

1842년 이 위대한 유산은 조르즈 상드의 소설 『꽁슈엘로』로 형상화되어지고, 쟝 위스의 외침은 『꽁슈엘로』의 입을 통해 유럽전역으로 퍼진다. 우리가 조르즈 상드는 피에르 르루의 철학을 소설로 구체화시켰다고 말할 때 많은 부분은 「평등」의 내용이 그의 소설에 녹아들어간 것이다.

종교적, 사회적, 정치적 측면에서 조르즈 상드의 정신적 대부는 물론 피에르 르루이다. 그들의 첫 번째 만남(1815년 6월)[47]때부터 상드는 종교적 성격을 가진 피에르 르루의 사회주의 철학을 배웠다. 문학은 사회에 의해 형성될뿐 아니라 문학 그 자체도 사회의 힘이다. 문학에 끼친 사회의 영향과 사회에 끼친 문학의 영향 사이의 관계는 아직 명확히 정의되지는 않았지만, 소설이 독자들에게 사회에서 받은 소재를 다시 제공해야 한다는 것은 명백한 사실이다.

1842년에 조르즈 상드는 피에르 르루에게서 영감을 얻은 철학이론을 『꽁슈엘로』에서 구체화시킨다. 『꽁슈엘로』는 『르뷔 엥데팡당트』에 1842년 2월부터 연재되기 시작한다.

1842. 2. Tome Ⅱ 『꽁슈엘로』(1부)

1842. 4. Tome Ⅲ 『꽁슈엘로』(2부)

1842. 5. Tome Ⅲ 『꽁슈엘로』(3부)

1842. 6. Tome Ⅲ 『꽁슈엘로』(4부)

1842. 7. Tome Ⅳ 『꽁슈엘로』(5부)

1842. 8. Tome Ⅳ 『꽁슈엘로』(6부)

1842. 10. 1. Tome Ⅴ 『꽁슈엘로』(7부)

1842. 11. 1. Tome Ⅴ 『꽁슈엘로』(8부)

1842. 12. 10. Tome Ⅴ 『꽁슈엘로』(9부)

1842. 12. 25. Tome Ⅴ 『꽁슈엘로』(10부)

1843. 1. 10. Tome Ⅵ 『꽁슈엘로』(11부)

1843. 1. 10. Tome Ⅵ 『꽁슈엘로』(12부)

1843. 2. 10. Tome Ⅵ 『꽁슈엘로』(13브)

1843. 2. 25. Tome Ⅵ 『꽁슈엘로』(14부)

1843. 3. 10. Tome Ⅶ 『꽁슈엘로』(15부)

1843. 3. 25. Tome Ⅶ 『꽁슈엘로』(16부)

그리고 『꽁슈엘로』의 속편격인 『루돌스타트 백작부인(*La Comtesse de Rudolstdt*)』이 1843년 6월부터 1844년 2월까지 연재되었다.

르루와 상드는 기독교를 계승한 유럽은 국경으로 분리할 수 없는 공동문화를 가진 집합체로 본다. 그들은 유럽문화속에서 종교적 요인을 강조하며 모든 종교를 포용할 수 있는 새로운 기독교를 주창한다. 이성의 측면만을 너무 강조한 계몽주의 철학에 인성추구를 위한 또다른 중요한 몫인 인간의 감성을 결합한 인성종교를 기존 기독교의 대안으로 제시한다.

물론 인성을 바탕으로 하는 인성종교에 걸림돌이 되는 낡은 생각을 가진 이들의 저항도 여전히 굳세게 존재하지만 이들은 유럽인 더 나아가서는 세계인이 살고 있는 시대가 어디인가를 모두에게 이해시키려 노력하고 인성이 깃든 종교의 승리를 확신한다.

제 3 장
피에르 르루의 국제 정치관

   이베리아(Ibère)인이 주축인 된 신대륙 발견, 이탈리아(Italie)가 중심이 된 문예부흥(Renaissance) 운동, 게르만(Germain)인이 주도한 종교개혁 등은 중세의 신중심주의적 전통과 권위로부터 인간성을 해방시키려는 혁신 운동이었고, 역사적으로는 유럽에서 근대사회를 여는 중요한 사건이었다.[1] 이것은 16세기와 17세기의 위대한 과학적 발달의 성과를 겪은 다음 유럽 정신으로 하여금 그의 미성숙 상태를 벗어나서 근대적 성숙상태로 전개되도록 할 수가 있었다.

   17세기의 합리주의가 토양이 되어 인간 이성에 대한 절대적 신뢰와 그것을 토대로 한 이성주의를 인간의 삶에 적용한 새로운 신념체계가 바로 18세기의 계몽주의였다. 계몽주의는 될 수 있는 대로 많은 사람들로 하여금 정신적인 삶을 살 수 있게 해주면서 새로운 과학적 자기 이해와 세계 이해에 이르게 하는 교양적 이상주의를 지향하기 때문에 이런 세계관과 사회관의 성립은 신의 섭리를 중요시했던 과거 전통과의 대립이 필연적일 수밖에 없었다. "너 자신의 이성을 사용할 용기를 가져라"로 대변되는 계몽사상은 보편적 신념과 기존의 종교, 또는 교회의 권위와의 대립이다. 계몽주의의 처음 시작은 종교 자체를 완전히 거부하는 비종교적, 무종교적인 것은 아니었다. 종교가 가진 독단, 편협, 광신, 몽매함에 대한 거부였던 것이다.

17세기 말 이미 혁명을 겪은 영국에서 로크(J. Locke)에 의해 온건히 시작된 계몽주의는 18세기 프랑스에 이식되면서 독일과 여러 서구 국가에 전파되어 맹렬히 전개되었다. 그 중에서도 계몽사상은 프랑스에 있어 가장 치밀하고 철저한 형태로 추진되어 그 고유의 사상적 특징이 충분히 발휘되었다. 시민 혁명을 경험한 영국에서는 계몽사상이 사회의 개혁에 있어 점진적 개량의 방법이었으며 성격도 온건한 것인 데 반해 프랑스의 계몽사상은 급진적이었다. 절대 군주제도와의 투쟁 속에서 향후 맞이해야 할 혁명의 원리를 연구하고 확립해야 된다는 필연성이 있었기 때문에 그 성격은 전투적이었다. 세계관적 입장에서 보면 이신론이 아니라 무신론과 유물론의 성격을 가졌고 기독교에 대한 비판보다도 그것에 대한 거부와 제거의 목소리가 높았다. 정치, 사회적인 변화에 있어서도 자유와 평등과 박애를 위한 혁명을 부르짖었다. 종교적으로는 기독교에 대한 파괴적 비판과 거리낌없는 적대감을 표출했다. 여기에 선봉에 섰던 사람이 볼테르(Voltaire)였다. 그는 기독교를 이성의 적이자 편협의 상징으로 설정했던 인물이었다. 일반적으로 계몽사상이 체계적 사유나 이론적 문제보다는 실제적 문제와 관련성이 깊다고 볼 때, 또 그 경향도 학문적인 것보다는 오히려 정치, 사회적인 것이었다면, 이 점에 있어 볼테르는 전형적인 계몽사상가였다.

이런 종교에 대한 18세기 계몽주의 철학의 승리는 19세기로 이어지면서 하나의 실수를 범한다. 그것은 '유일 불가분의 감정, 감성, 의식(sensation, sentiment, connaissance indivisiblement unis)'으로 맺어지는 인간의 동질성을 간과했다는 점이다. 이런 실수는 인간의 자기 해방 운동으로 전개되지 못했기 때문에 소위 '위로부터의 계몽'의 형식을 취한 계몽 전제 군주주의를 야기시켰다. 피에르 르루는 프랑스 대혁명의 아들이었고 동시에 '신성동맹(Sainte Alliance)'에 대항하는 '유럽통합(Union Européenne)' 정신의 아버지였다.

그는 프랑스 철학과 독일의 관념론과의 동질성을 찾기 위해 연구를 시작했고, 그리고 정치적으로는 강대국에 무참히 짓밟히는 모든 나라를 존중하면서 영국이나 러시아의 제국주의를 강렬히 비난했다. 또한 그는 동양문화의 다양성과 풍부함을 코여주기 위해 그의 사상을 끊임없이 발전시켰다.

그래서, 우리의 두 번째 관심사인 피에르 르루의 국제 정치관에 대한 연구에서는 먼저 콩도르세(Condorcet)에 주목을 해본다. 이 인물은 대혁명의 소용돌이 속에서 살았는데, 어떤 점에서 보면 그의 철학과 피에르 르루의 사상 간에는 닮은 점이 있다. 이어서 우리는 유럽과 유럽 이외 나라의 국제 관계를 보는 피에르 르루의 정치관에 관심을 갖는다.

1. 정치관 형성

1-1) 콩도르세 (1743~1794)

프랑스 대혁명 200주년 공식 기념식을 마감하기 위해 기념위원회는 콩도르세의 팡테옹 신전 안장을 결정했다.[2] 왜 콩도르세가 죽은 지 200년 후에나 그가 혁명의 심볼이 되었는가? 어떻게 우리는 갑작스럽고 예기치 못한 그의 신격화를 설명할 수 있는가?[3] 우리는 대혁

명 기간 동안 당통(Danton), 생-쥐스트(Saint-Just) 혹은 로베스피에
르(Robespierre)의 역할은 쉽게 설명할 수 있으나, 콩도르세의 역할
을 규명하기란 쉽지 않다. 미국의 역사학자 베이커(K. Baker)는 콩
도르세에게 다음과 같이 의미를 부여한다.

"그의 역할은 살아 있을 때가 아니다. 콩도르세의 승리는 그의 죽음 후
에 본다. 열월파 당원(thermidoriens)들은 콩도르세를 공화국의 심볼로,
그들의 철학으로 삼았다."[4]

기병대 장교인 아버지와 부르주아 계급 출신이고 예수회 신도인
어머니 사이에서 콩도르세는 루이 15세(Louis Ⅹ Ⅴ)의 통치 때인
1743년에 태어났다. 그가 태어나던 해 아버지가 죽었기 때문에 어머
니가 그의 교육을 전적으로 담당했다. 어릴 때는 연약했기 때문에 어
머니로부터 극진한 보살핌을 받았고, 이런 허약 체질로 인해 그는 유
년, 소년 시절을 힘들게 보냈다. 콩도르세는 예수회에 반감을 가졌었
기 때문에, 어머니의 열망에도 불구하고 예수회의 수도사가 되는 대
신 공부를 위해 파리에 머물렀다.
　수학에 뛰어난 재능을 보인 그는 22살 때 과학 아카데미에 수학 적
분에 관한 논문을 발표하며 명성을 얻었다. 달랑베르(D'Alembert)와
친교를 맺은 그는 18세기 말 철학자 중의 마지막 대표 주자로서 백
과전서파의 일원이 되었다.[5]
　1769년부터 과학 아카데미에서 일을 한 그는 1773년에 이 아카데
미의 부책임자직을 맡았다. 1년 후 재무장관인 튀르고(Turgot)와의
친교 덕택에 화폐감독관으로 임명되었고, 1782년 프랑스 한림원에
들어가 1785년에 학술원의 종신 서기로 선출되었다.
　그의 생애를 보면, 철학적으로는 백과사전의 편찬, 집필에 협력한

학자로서, 정치·경제적으로는 중농주의에 기본을 둔 사상가로서 자신의 입지를 공고히 하였다. 또한 재치 있는 말과 학문적, 정치적인 토론의 폭을 넓히기 위해 살롱을 출입하며, 디드로(Diderot)가 세기의 정신으로 여겼던 '자유정신'을 함양했고, 살롱보다 한층 진지한 남성만의 모임인 아카데미에 깊이 참가함으로써 과학의 연구와 수학 발전에 그는 큰 발자취를 남겼다.[6]

1789년 프랑스 대혁명이 일어나자 정치적인 논쟁 분야에서 그는 어느 누구보다도 영향력이 컸었다. 여러 정치 평론지의 발행인으로서[7] 정치 문제에 관심을 쏟은 그는 철학이 갖는 사변적인 방법론을 배제하고 정치 논쟁을 통해 구체적인 실천 방안을 제시했다. 1791년 입법의회 의원으로 선출된 그는 공화정에 가담해 정치적으로는 중립적인 태도를 보였다. 1792년 혁명의회에서는 지롱드(Gironde, 온건 공화파)당과 협력하여 그들과 정치적 의견을 같이했다.[8] 그러나 그의 중립적인 정치적 성격은 지롱드파의 라이벌이자 반대자였던 당통(Danton)을 파리와 프랑스의 통합을 위해 꼭 필요한 인물이라 평가했다. 즉, 그의 정치적 태도는 좌, 우 어느 쪽으로도 치우치지 않았다.

"나는 지금까지 그랬던 것처럼 어느 당에도 속하지 않을 것이다. 나는 정직하고, 영민하고, 부패되지 않은, 민중의 권리를 철저히 대변하는 사람들과만 의견을 같이했다."[9]

1792년 말 루이 16세의 처형에 반대했기 때문에 1793년 1월 생명의 위협을 느낀 그는 전에 친교를 맺었던 베르네 부인(Mme. Vernet)의 집으로 피신을 했다. 여기서 단두대(guillotine)의 위협에도 불구하고 콩도르세는 그의 마지막 저서인 『인간 정신 진보사의 개요(L'

Esquisse d'un tableau des progrès de l'esprit humain)』의 저술을
마쳤다.

1794년 3월 25일 베르네 부인에게 피해를 주지 않기 위해 그곳을
떠난 그는 3일 후 3월 28일 시체로 발견되었다. 51살의 나이에 죽은
그의 사망 원인은 지금까지 정확히 밝혀지지 않았지만 독살에 의한
것이라 보고 있다. 이렇듯 생을 마친 그는 200년이 지난 오늘날 드디
어 프랑스 대혁명의 주요 인물로 추앙을 받고 있다. 그러나 피에르
르루와 『앙시클로페디 누벨』의 집필자들은 18세기 역사의 흐름에서
콩도르세의 탁월한 역할을 이미 찾아냈다.[10] 그의 사상 중에 눈여겨
볼 것은 교육, 종교, 평등의 정신에 관련된 것이다.

교육

콩도르세는 '교육에 관한 5개의 각서'를 발표함으로써 프랑스 공
교육의 원리를 제시하였다.[11] 이 글의 내용을 보면 ① 공교육의 본질
과 목적 ② 아동 교육론 ③ 성인 교육론 ④ 직업 교육론 ⑤ 과학 교육
론 등으로 구성되었다. 특히 공교육의 본질과 목적을 다룬 제 1의 각
서에서는 "공교육은 민중에 대한 사회의 의미이다."라 하여 시민사
회에 있어서 공교육제도의 이론적 근거를 명백히 했다. 그가 1792년
입법의회에 제출한 '공교육의 일반조직에 관한 보고 및 법안'은 공
립 무상을 원칙으로 하는 프랑스 보통교육제도의 원리로 구체화되었
다. 공교육의 원리로 콩도르세는 자유와 평등을 제시했다.

이런 근대교육제도를 확립하기 위한 노력은 나폴레옹의 학제로 어
느 정도 결실을 맺게 되는데 나폴레옹은 국가주의적이고 중앙집권적
인 국민교육제도를 수립하기를 원했다. 1802년 나폴레옹은 '공교육
일반법'을 공포하고 1804년 제위에 오른 그는 학교제도를 더욱 강화
정비하였다. 1806년 5월에 공포된 '제국대학 설치에 관한 법률'과

1850년 '대학 조직에 관한 시행령'이 1808년 3월에 발표됨으로써 나폴레옹의 학제는 완성되었다. 그 이후 1833년 '초등교육법'과 1850년 제 2공화국의 '교육법'을 거쳐 1882년 3월 28일 의무교육에 대한 교육법의 개정을 통해 프랑스는 공립 의무 무상의 보통교육제도를 확립하였다. 이런 일련의 교육제도의 발전 단계는 콩도르세의 계획에 따른 것이었다.[12] 또한 나폴레옹은 레지옹 도뇌르(légion d'honneur)를 받은 딸들을 제외하면 여성 교육에 대해서는 어떠한 조처도 강구하지 않았는데 콩도르세는 나폴레옹이 간과한 여성의 교육에 관해서도 이미 남녀 공립학교(Ecole mixte)를 설립할 것을 주장했다. 그래서 그는 프랑스 근대교육의 창시자로서 명성을 얻었다.

종교

종교에 관해서도 콩도르세는 선구자 같은 모습을 보였다. 그는 국교(religion d'état) 폐지에 동의하면서 70년 후에나 나올 용어인 '반교권주의(anticléricalisme)'의[13] 사상을 이미 갖고 있었다. 카톨릭 교도였던 그는 관용의 사도로서, 교회와 국가의 분리를 완벽하게 주장하지는 않았지만, 교회의 관심이 전적으로 민중의 관심과 자유에 합치되어야 한다고 주장했다. 또한 그는 각 종교가 그들의 신전에서 그들 종교를 교육하는 것은 가능하지만, 공공기관에서는 어떤 종교만 유일하게 강요해서는 안 된다는 것을 확신했다. 그는 사람들의 종교에 대한 어떤 믿음이나 의견도 존중되기를 갈망했다.

평등의 정신

국가사이의 불평등 해소, 흑인의 독립을 주장한 콩도르세는 다른 국가, 민족을 정복하려는 강대국들의 야욕을 비난하며 프랑스는 민족과 국가의 독립을 보장해야 한다고 주장했다. 평등은 개인간에 존재해야 할 신성불가침한 논리일 뿐 아니라 민족과 국가간에도 존중되어야 한다고 주장했다. 그가 평등을 말할 때는 자연스럽게 흑인과 혼혈족의 노예 상태까지도 다루었고 그 부당함에 대해서도 적극적으로 비판했다.[14]

『앙시클로페디 누벨』에서 쟝 레이노는 콩도르세를 18세기와 19세기를 연결하는 고리라고 소개하면서 어떤 점에서는 생-시몽 사상의 인도자로 간주했다.

"그는(콩도르세) 프랑스 대혁명의 심장부에 18세기 철학을 심은 계몽주의 철학자 중 대표자였다."[15]

그러면 피에르 르루와 조르즈 상드가 콩도르세의 사상 중에서 받아들여 발전시킨 것은 무엇일까? 교육에서 남·녀 평등을 주장한 콩도르세의 교육관과 평등정신이 먼저 피에르 르루에 의해 주목받고 그의 사상에 녹아 들어가 발전되었다. 1838년 『앙시클로페디 누벨』에 발표한 논문 「평등(Egalité)」에서 피에르 르루는 다음과 같이 선언했다.

"이브는 아담과 동등하다. 여성은 남성과 함께 모든 고통스런 위기를 같이 넘겼기 때문에 지속적인 교육도 같이 받아야 한다. 남성이 여성으로부터 자유스럽다면 여성 또한 남성으로부터 자유로와야 한다.[16]

자연스럽게 조르즈 상드 역시 콩도르세에서 발전된 르루의 사상을 그의 소설 『꽁슈엘로』에서 실현시켰고, 그리고 전파시켰다.[17]

대혁명 때의 인물인 콩도르세는 로베스피에르의 전횡에 맞서 인도주의적 정신을 가지고 살았고 사회의 대혼란기에 관용의 정신을 가르쳤다. 그는 생-시몽의 직접적인 선임자로 19세기 사상가들에게 많은 영향을 미쳤다. 그가 설파한 국가간의 불평등, 약소국에 대한 강대국의 압제, 국수주의, 예수회 선교단의 위선 등에 대한 비판은 피에르 르루와 그의 동조자들이 19세기에 풀어 나갈 숙제였다.

1-2) 유럽통합(L´Union Européenne)

피에르 르루에 있어 정치적 화두는 유럽통합이다. 『글로브』지를 창간하고 지적 활동에 들어서면서부터 새로운 통합의 필요성을 느낀 그는 지속적으로 통합이론을 발전시켜 나갔다. 피에르 르루의 유럽 통합 정신과 사상을 알아 보기 전에 당시 유럽의 정치 상황에 대해서 먼저 살펴보기로 하자.

1814년과 1815년 두 번에 걸친 나폴레옹의 몰락으로 부르봉 왕조는 복위되었다. 다시 한번 프랑스의 봉건 왕정은 1789년의 시점에서 계속될 수 있었다. 그러나 부르봉 왕조의 복귀가 완전한 반동은 아니었다. 귀족은 혁명 중에 그들의 땅을 잃어버렸고 복위된 부르봉 왕조 역시 프랑스 농민을 1789년 이전으로 되돌릴 수 없었다. 외국 군대의 마차에 실려 돌아온 부르봉가는 이런 현실을 알고 충분한 양보를 했기 때문에 부르주아에 의해 받아들여졌다. 그들은 혁명의 주요한 성과들을 유지했으며 황제에 의해서 폐지된 몇 가지 자유 조차도 부르봉 왕가는 허용했다. 그러나 부르봉 왕조는 과거와 성실하게 결별하지를 않았다. 루이 18세가 허용한 온건한 자유주의적 헌법과 의회의 협력은 왕조와 시민계급 사이를 잇는 교량 역할을 하는 것처럼 보였다. 그러나 이런 화해는 결국 불가능한 것임이 드러났다. 부르봉가는 그들의 옛 봉건적 전통을 단념할 수 없었고, 루이 18세 이후 샤를르 10세는 1830년 7월 혁명으로 이어지는 절대주의의 길을 은밀히

나중에는 공공연하게 다시금 걸었다. 이런 이유로 시민계급은 부르봉 왕조의 대외정책과 화해할 수 없었다. 왜냐하면 복구된 부르봉 왕조는 자기 보존의 이유로 해서 대륙의 열강들과 평화를 유지해야만 했기 때문이었다.

이런 평화 유지 정책은 비인회의(Congrès de Vienne : 1814. 10~1815. 6)의 결과에 따라 전승국인 영국, 프러시아, 오스트리아, 러시아는 영토를 서로 늘리며 유럽의 국제관계를 좌우했다.[18]

4대 전승국들은 그들의 팽창주의를 공개적으로는 인정하려고 하지 않았지만 전장에서 승리하는 것이 그들의 주장에 대한 영향력과 정당성 모두를 부여할 수 있다고 생각하였다. 이들은 서로 흥정하면서 조약의 개정이나 영토 확장을 추구하였다.

그 결과, 4대 전승국은 두 개의 범주로 구별되었다. 그 첫번째 범주는 전적으로 유럽내의 영토와 이해관계를 가진 국가들로 프러시아와 오스트리아가 이에 속하였다. 두 번째의 범주에 속하는 국가는 영국과 러시아로 이들은 유럽 바같에 방대한 속령과 영향력 그리고 이해관계를 가지고 있었다. 영국은 세계적인 세력으로 모든 대륙에 걸친 방대한 상업적 이익과 인도 제국 그리고 압도적인 해군력에 의존하고 있었다. 러시아도 방대한 규모의 아시아 속령들을 가지고 있었으며 영국과 거의 같은 지위에 있었다.[19]

강대국간의 세력 균형을 통해 유럽의 패권을 장악하며 여러 민족의 다양성을 파괴하는 이런 체제는 피에르 르루에 의해 자주 인용되고 철저히 비판받았다.[20] 이런 세력 균형 유지 체제는 구제도(Ancien Régime)를 견고히 하려는 과거 지향적인 것이고, 이런 체제를 유지하기 위해 맺은 신성동맹(Sainte Alliance)조약은[21] 유럽의 미래에 아무 도움이 안 된다고 피에르 르루는 주장했다.

1815년에 4대 연합국은 프랑스를 평화와 질서 모두에 대한 위협의 원천으로 간주하였다. 프랑스를 혁명의 온상이자 새로운 영토 조정에 가장 만족하지 못하는 국가로 생각했던 것이다. 그러므로 4대국 연합을 계속 존속시키는 것이 이러한 위험에 대한 가장 좋은 안전 보장책이었다. 유럽의 헤게모니 쟁탈을 위한 영국과 러시아 사이의 투쟁은 1815년 11월 영국과 러시아로 하여금 동맹 유지를 위해 각기 다른 제안을 하게 만들었다. 1815년 11월 영국 외무장관인 캐슬레이(Castereagh)가 제안한 4국 동맹은 열강들의 실질적인 협력 기반을 마련하기 위한 시도였다. 그는 이러한 조치가 영국과 오스트리아로 하여금 프랑스를 봉쇄함은 물론 러시아를 통제할 수 있는 특별하고도 지배적인 관계를 수립하게 할 수 있을 것으로 생각하였다. 혁명에 대한 캐슬레이의 접근은 실제적인 것으로 매번 문제가 발생할 때마다 열강들이 협의하여 그 대처 방안을 고려할 수 있다는 것이었다. 그러나 러시아 알렉산드르 1세(Tsar Alexandre)의 신성동맹은 더욱 광범위한 기반을 갖고 모든 기독교 군주에 개방되어 혁명과 전쟁에 대항하는 군주간의 연대 필요성을 강조하는 것이었다. 그러나 신성동맹이 부분적으로 모호한 것은 영국과는 달리 알렉산드르는 전후 세계에서 러시아의 목적을 추진할 뚜렷한 전략을 발전시키지 못한 데 있었다. 신성동맹이 4국 동맹에 비하여 효과적이지 못함이 분명해지자 알렉산드르 1세는 그 제안을 포기한 채 캐슬레이가 창설한 4국 동맹내에서의 영향력을 둘러싸고 영국과 각축을 벌였다.

　이렇듯 열강간의 세계 유지를 주로 하는 신성동맹은 발칸반도를 제외한 유럽에 겉으로는 지속적인 평화를 가져다 주긴 했지만 그것은 절대 진정한 유럽의 평화, 통합하고는 거리가 멀었다.

유럽통합에 관한 피에르 르루의 사상

"피에르 르루가 독일인에 제시한 동맹관계는 쌍무적이고 정치적인 것이 아니다. 인간의 결합을 바탕으로 하는 것이 그가 원한 유럽통합의 목표이다."[22]

피에르 르루는 1827년 『글로브』지에 나바렝(Navarin) 전투[23]의 승리를 보고하면서 유럽통합에 관해 그의 생각을 처음으로 피력했다. 그가 생각하는 유럽민족의 단일성은 정부나 교권에 의해 이루어지는 것이 아니라 했다. 나바렝 전투의 승리로 이루어진 유럽민족의 동질성 회복은 '노예제도 폐지', '남미의 해방', '그리스의 구제'에 공헌한다고 보았다. 그러나 이 승리로 나타난 단일성 회복은 완전한 것이 아니었다. 아직도 여전히 유럽 열강들은 세력을 확장하려는 음모가 있기 때문이었다.

전쟁으로 점철된 유럽 역사에서 통합을 위한 평화적 논의가 시작된 것은 14세기 초부터였다. 통합의 길은 이제 군사적인 정복에 의해 추구되는 것이 아니었다. 당시 사상가들과 지식인들은 전쟁의 방지와 평화의 보존을 통합의 가장 큰 가치로 삼기 시작했다. 1306년 기독교적 원리의 적용을 통해 평화 수호의 기능을 수행하는 '제왕상설회의'의 창설을 제안한 프랑스 외교관 뒤부와(Pierre Dubois)가 있었고, 1639년에는 평화주의자인 영국인 펜(William Penn)이 모자이크처럼 난립해 있는 국가, 군의 종식을 위해 유럽의회의 창설을 제안했다. 펜의 의견은 18세기 철학자들에 의해 지지를 받았다. 칸트(Immanuel Kant)가 제창한 연방법률이나 벤담(Jeremy Bentham)의 공동군 창설, 루소(Jean-Jacques Rousseau)의 유럽연방 지지는 펜의 주장과 맥을 같이하는 것이었다.

유럽통합에 관한 모든 사상과 견해는 19세기 들어 생-시몽에 의해 정리되었다. 그는 논문을 통해 유럽 각국의 군주와 정부, 그리고 이를 포함하는 제도적인 통합을 위한 구체적인 사상을 진척시켰다. 그의 이런 노력은 '유럽합중국을 통한 평화'로 구체화되어 나타났다. 이것은 유럽통합의 맥을 잇는 중요한 평화운동의 주제이기도 하였다.[24]

『글로브』지 초창기 생-시몽주의자로[25] 시작했던 피에르 르루의 유럽통합에 관한 사상은 세계주의를 조언하는 생-시몽의 이론에 동의했다. 그는 모든 국가, 민족들이 기술과 과학에 의해 사이좋게 진보되기를 원했다. 당시 공화주의자이며 동시에 생-시몽주의자였던 피에르 르루는 생-시몽의 이론(자유 Liberté, 산업 Industrie, 상업 Commerce)이 공화주의자의 철학(자유, 평등, 박애)로부터 영감을 받았다고 생각했다. 공화주의 정신에 바탕을 둔 피에르 르루는 유럽통합을 구상할 때 생-시몽의 사상을 적용했다.[26]

18세기 철학을 비판적이고 혁명적인 것으로 특정지은 생-시몽은 19세기의 철학에 대해서는 창의력이 풍부하고 조직적인 것이 되어야 한다고 생각했다. 그래서 그는 19세기 철학자들은 산업사회와 과학적 체계가 생겨날 수 있는 그런 철학을 만들어야 한다고 주장했다. 19세기에는 새로운 사회를 조직하고 건설해야 할 운명이 주어져 있기 때문에 19세기 철학자들은 새 사회를 건설할 방향 제시의 중대한 사명과 역할을 가지고 있다고 그는 믿었다.

다수의 신을 믿는 다신교가 지배했던 '예비적 활동의 시대'에서, 다수의 신들을 믿는 신앙이 우주를 지배하는 하나의 의식적인 의지라고 하는 가정에 기초한 '가정적 체계의 시대'를 거쳐, 보편적 원인이 종교적 외피로부터 해방된 인간과학이 탄생한 시기인 '실증적 체계의 시대'에서는, 모든 정치제도에 경제적 조건이 기초가 된다고 믿은 생-시몽은 상공인 계급이 대두되는 경제생활의 중요성을 강조했다. 과학적 지식과 산업에 기초한 새로운 사회의 출현을 예견한 그는 생산을 모든 사회의 당연한 목적이라 생각했다. 새로운 사회에서 가장 중요한 역할을 수행하는 사람은 산업, 과학, 예술 분야에서 뛰어난 능력을 가진 사람이라고 그는 주장했다.

모든 덕의 원천을 노동이라고 본 그는 유익한 노동은 가장 존경받아야 할 덕목이라고 했다. 생-시몽이 말하는 산업사회는 노동자만의 사회를 의미하지 않는다. 모든 산업구조의 간부와 근로자를 합쳐 이를 산업계층이라고 그는 정의했다. 산업계층의 관심은 서로 일치하며, 조화를 이루고 있다고 본 생-시몽은 이런 계층의 발생은 인간의 유대관계를 공고히 하기 위한 기초가 되고 국민계층간의 적대관계를 극복하기 위한 계기가 된다고 믿었다. 이런 산업사회가 실현될 때만이 평화로운 사회가 된다고 그는 생각했다.[27]

'가장 많고, 가난한 계급의 운명을 개선(l'amélioration du sort de la classe la plus nombreuse et la plus pauvre)' 시키기 위해 경제적인 삶에서 필수적인 생-시몽의 이론을 채택한 피에르 르루는 유럽통합의 방법에서도 과학과 기술의 발전을 접목시켰다.

또한 피에르 르루의 세계주의 정신은 유럽통합에 머물지 않고, 그의 정치적 관심은 거의 전 세계에 확대되었다. 이런 관심은 중국과 인도문명에 대한 연구, 라틴아메리카의 독립에 대한 열망, 아이티 공화국의 설립과 노예제도 폐지 등으로 나타났다.[28] 이런 이유로, 국제정치 문제에 접근하기 전에 우리는 먼저 피에르 르루의 유럽통합을 다루는 것이다.

『글로브』지를 떠나 『르뷔 앙시클로페디크』에서도 피에르 르루는 국제정치와 유럽통합을 위한 그의 사상을 발전시켜 나갔다. 1832년 8월 『르뷔 앙시클로페디크』에 발표된 글 「정치담론(*Discours aux*

Politiques)」에서 그는 당시 정치가 지향해야 할 세 가지 주요 이론을 제시했다.

프랑스 대혁명의 정신을 약화시키는 나폴레옹주의에 대한 반대와 신성동맹을 주도하는 5대 강대국들의 왕에 대한 비판과 과학적 지식과 산업에 기초한 새로운 사회를 위해 생-시몽의 이론을 채택하자는 것이었다.[29]

1842년 『르뷔 엥데팡당트』를 주도하던 해 피에르 르루는 '군대의 당(Parti du Sabre)' 즉 나폴레옹주의자(Bonapartisme)를 공격하면서, 당시 권력을 지배하고 있던 티에르(Thiers)와 기조(Guizot)를 철저히 비판한다. 이 잡지에 1842년 3월에 실린 기사 「루이 필립 아래의 프랑스(*La France sous Louis philippe*)」에서 '영국의 입헌주의와 제정체제의 이해할 수 없는 혼합(du mélange indigeste de régime impérial et de constitutionalisme anglais)'과 '기조와 티에르'의 정책을 비난하며 '프랑스를 위한 새로운 임무(Une mission nouvelle pour la France)'를 밝혔다.

왜 프랑스의 정치적 영향이 당시 유럽 세계에서 계속 무시되는가를 피에르 르루는 반문하면서, 1815년 신성동맹의 기운이 1840년까지 계속되는 것에 분노를 느꼈다.[30] 신성동맹의 낡고 지루한 체제로부터 유럽을 구하기 위해서 프랑스는 진정한 임무를 가져야 한다고 했다.

"프랑스가 올바른 인성을 구성하지 못한다면, 더 이상 프랑스의 역할은 없다. … 나폴레옹은 과거의 끝이었다. 나폴레옹은 미래가 아니었다. 그런데 우리는 여전히 나폴레옹과 영국의 입헌정의 미궁에 빠져 있다. 우리는 인성이 통하는 새로운 유럽을 건설해야 한다."[31]

그는 또한 당시 정치평론가들의 세계관 부재를 통탄하면서, 아직도 신성동맹 초기 강대국들이 그들만의 정치적 밸런스 혹은 균형의 체제 유지를 위해 이용한 정치 이론에서 벗어나지 못하는 당시 사상가들의 진부함에 따끔한 일침을 놓았다.[32]

당시 프랑스의 정치 상황이 나폴레옹주의자의 제정체제와 영국의 입헌체제가 혼합되어 '혼돈(chaos)' 상태에 빠져 있다고 본 피에르 르루는 이 두 체제의 대표적 신봉자인 기조와 티에르를 혼돈정치의 장본인으로 규정했다. 기조는 영국 입헌주의의 화신이었고 티에르는 제정체제의 계승자였다. 프랑스 혁명의 사학자인 티에르가 대혁명의 본질을 이해하지 못했고, 영국 혁명의 역사가인 기조가 오직 칼벵의 신교, 즉 자본주의의 경향에만 탐닉했다는 것은 모순이었다. 그들은 정부를 지배하기만을 원했기 때문에 그들은 연이어 정부 수반의 자리에 올랐다.[33]

당시 피에르 르루는 신성동맹, 나폴레옹주의자, 자유주의의 겉치레인 크롬웰주의자에 대항하여 신성동맹은 인성을 바탕으로 한 새로운 통합에 자리를 내주어야 한다고 주장하면서 독일인을 파트너로 새로운 유럽통합을 시도하기를 원했다. 피에르 르루가 유럽통합을 주장할 때는 어떤 정복이나 전쟁의 이론은 배제되어 있었다.[34] 피에르 르루에 있어 유럽통합을 이룰 수 있는 것은 오직 전제 정치의 지도자와 자본주의자에 대항하는 민중들의 정신일 뿐이었다. 피에르 르루는 비엔나의 오스트리아 황제(l'empereur d'Autriche de Vienne), 생 페테르스부르크의 러시아 황제(le Tsar de Saint Pétersbourg), 영국의 제국주의, 로마의 교황을 새로운 통합의 기운을 막는 적으로 간주했기 때문에 그래서 그는 프랑스인과 독일인의 결합을 새로운 유럽통합의 첫걸음으로 보았다.

2. 유럽

2-1) 독일

나폴레옹의 제 1제정이 막을 내린 1815년부터 지금까지, 185년간 프랑스와 독일의 관계는 유럽사에서 중요한 관계를 차지한다. 비록 1870년에 두 나라 사이의 전쟁이 시작되었다 하더라도, 특히 19세기 초반은 두 나라의 모든 관계를 설정하는 중요한 시기였다. 사실, 1870년 이후 2차 세계대전까지 이 두 나라는 서로를 적대시하며, 전쟁에 의해 점령하고 점령당하는 참혹한 역사를 기록했다.[35]

두 나라 사이의 반목은 어디서부터 나온 것일까? 이런 충돌은 피할 수 없는 것이었을까? 19세기 초에 프랑스와 독일 사이의 선린관계를 유지시키려 노력한 사람은 아무도 없었을까?

이미 보았듯이, 피에르 르루는 두 나라의 선린관계에 관심을 보였다. 프랑스와 독일의 관계는 유럽에서 신성동맹을 대신할 수 있는 새로운 통합의 기본적인 구성 요소라고 그는 주장했다.

프랑스혁명의 발발로부터 나폴레옹에 의한 유럽 대륙에서의 전쟁, 왕정복고, 7월 혁명을 거치는 동안 독일도 프랑스처럼 심각한 정치적, 사회적 격동의 역사적 체험을 하게 되었다. 처음 프랑스혁명의 이념은 독일 지식인들에게 순수한 환희를 불러일으켰으나, 나폴레옹의 야심이 노출된 이후에는 독일에서 프로이센을 중심으로 강력한 민족적 각성운동으로 반전되었다. 1807년 7월의 틸지트(Tilsit) 화의는, 독일 여러 지역의 역사적 조건이 다양하기 때문에 일률적으로 설명할 수는 없지만, 프로이센을 중심으로 한 독일민에게 굴욕적인 것으로 보였기 때문에 프랑스에 대한 반감을 불러일으켰다.

독일 여러 지역 중에서 나폴레옹의 지배하에서 어렵게나마 독립국의 지위를 지킨 것은 프로이센뿐이었다. 나폴레옹의 강압에 대한 프로이센의 민족적 각성운동은 스타인(Stein)과 하르덴베르크(Hardenberg)를 중심으로 하는 근대화 개혁운동으로 발전되었다. 이 지역에서 나폴레옹은 압제자이었으며, 그래서 독일 민족의식이 어느 지역보다 치열하게 드높아졌다.

프로이센의 개혁운동은 19세기초에 있어 유럽 후진국의 개혁운동이라는 특징을 지녔다. 근대화 주체로서의 부르주아의 미숙으로 개혁의 방향이 '아래로부터'가 아닌 '위로부터'라는 특징을 갖고 있었다. 프로이센의 근대화 개혁 프로그램은 ① 정치체제의 개혁 ② 농업개혁 ③ 재정개혁 ④ 군제개혁 ⑤ 대학 개혁 등으로 정리할 수 있다.

프로이센 개혁운동은 프랑스혁명의 영향을 받아 봉건적이며, 신분제적인 구체제를 극복하여 근대적 시민사회로의 전진을 목표로 한 근대화 운동이었다. 여기서 프로이센 근대화의 특징은 이 근대화가 자체적인 혁명의 불길 속에서 일어난 것이 아니라, 밖으로부터의 압력 속에 '위로부터의 개혁'으로서 점진적으로 진행되었다는 점이다. 그리고 또 독일의 근대화는 국민의 정치적 해방이 수반되지 않아 개혁 이후에도 군주주의적이며 권위주의적인 전통적 통치제도가 온존해 어느 면에서는 그 전체 체제가 사회, 경제 분야에 있어서는 오히려 강화되기도 하였다.[36]

1814년 스타엘 부인(Mme. Staël)이 『독일론(*De L'Allemagne*)』을 발표했을 때 프랑스의 작가, 지식인들은 독일이라는 나라에 많은 흥미를 갖기 시작했다. 루이 16세 때의 제상이었던 네케르(Necker)의 딸인 그녀는 대혁명이 발발하자, 처음에는 이를 열광적으로 환영했다. 그녀의 자유주의 사상은 당시 집정관이었던 나폴레옹의 미움을 사, 여러 차례에 걸쳐 추방을 당했다. 이런 역경을 이용해 유럽제국을 여행하면서 견문을 넓혔다. 1803~1804년 처음으로 독일을 여행하며 바이마르(Weimar)와 프로이센의 조정 사람들을 알게 되었다. 당시 바이마르는 독일의 도시 중에서 가장 중요한 곳이었고 괴테(Goethe), 쉴러(Schiller) 등 당시 독일 초고의 지성인들이 오랫동안 그곳에서 머물렀다. 1807~1808년 독일의 두 번째 여행에서 그녀는 뮌헨(Munich)과 오스트리아의 비엔나(Vienne)까지 돌아보았다. 나폴레옹의 실각(1814)과 더불어 귀국한 스타엘 부인은 그해 4부로 나뉘어진 『독일론』은 출간했다.

『독일론』의 내용을 살펴보면, '독일 및 독일인들의 풍습에 대하여'라는 부제가 붙은 제 1부에서 스타엘 부인은 독일인들을 활동력이나 애국심은 없어도 감정적이고, 공정하고, 성실하고 자주 몽상에 잠기는 경향이 있는 국민이라 평가했다. '문학과 예술'편의 2부에서는 독일문학을 일체의 규칙을 무시하고, 개성의 생생한 표현, 심각한 것에 대한 기호를 가진 문학이라 했다. 3부, '철학과 도덕성'에서는 18세기 프랑스의 유물론 철학을 배격하고, 인간 영혼에서 우러난 도덕률을 근간으로 하는 독일철학에 관해 이야기했고, 마지막으로 4부, '종교와 정열'에서는 사물의 본질을 파악하는 데는 종교적 감각과 정열이 필요함을 역설했다.

스타엘의 『독일론』이 프랑스 사회에 독일에 대한 관심을 불러일으킨 점은 인정되지만, 그러나 내용상으로는 많은 결함을 갖고 있었다. 우선 가장 큰 결점은, 이미 앞서 서술한 것처럼 독일은 개혁운동으로 1813년부터 해방전쟁(guerre de libération 1813, 1814, 1815)이 발발해 큰 변화를 보였는데, 1814년의 『독일론』은 전혀 시대에 맞지 않는 상황을 서술했다는 것이다.

또 스타엘 부인은 너무나 환상적으로 독일을 이상화해 놓았다. 나폴레옹 전쟁 후 독일에서 일어난 뿌리 깊은 민족주의가 프로이센을 중심으로 국수주의로 이행하는 당시의 기운을 전혀 그녀는 감지하지 못했다. 스타엘 부인은 오직 독일을 장노가 지배하는 목가적인 풍경의 나라, 신비와 꿈과 우수만이 존재하는 영원한 시의 나라, 전쟁이니 침략이니 하는 따위의 야심과는 거리가 먼, 자유를 구가하는 이상향으로 만들어 놓았다. 독일어를 이해하지 못했던 그녀로서는 독일을 피상적으로밖에는 볼 수 없었다. 19세기의 독일을 여행한 그녀가 18세기의 독일을 묘사했던 것이다.[37]

마찬가지로, 문학적인 측면에서도 그녀는 괴테와 쉴러를 스튀르머(Stürmer) 등 다른 낭만주의자들과 전혀 구별을 하지 못했고, 또한 프랑스에서 오랫동안 알려지지 않았던 독일의 낭만주의자들인 크루저(Creuzer), 횔더린(Hölderlin), 브렌타노(Brentano) 등을 전혀 언급하지 않았다.

과학, 법, 종교, 철학에 관해서도 그녀의 저서 『독일론』은 결정적인 결함을 갖고 있었다. 독일의 철학자를 이야기할 때 헤겔(Hegel), 쉘링(Schelling), 피히테(Fichte) 등 독일 관념론의 대가들이 전부 빠져 있고, 독일 역사철학의 창시자이며, 법률가인 사비니(Savigny)도 자연스럽게 그녀의 저서에서 무시되었다. 독일인의 프랑스 싫어하기(gallophobie), 국수주의로 곧 치다를 국가민족주의 등 당시 풍미하던 독일내의 기운을 그녀는 간과했다.

이런 적지 않은 결함에도 불구하고 『독일론』의 영향은 프랑스 지식인들에게 아주 큰 것이었다. 그들은 독일에 관심을 가졌고, 그곳에 가는 것을 성지순례처럼 생각했다. 그들 중에서 우리는 독일의 중요한 도시인 하이델베르크, 베를린, 바이마르를 1817년에 방문하는 꾸쟁(V. Cousin)을 볼 수 있고, 1826년에 끼네(Quinet), 2년 뒤에 미슐레(Michelet)를 서부 독일에서 만날 수 있다. 프랑크 푸르트에 거주하는 네르발과 라인강변을 여행하는 위고, 서부 독일에서 라마르틴느(Lamartine)를 바드지방에서는 뮈세(Musset)를 조우할 수 있다.

이외에 앙페르(Ampère), 뒤부아 등도 독일에 있었다. 먼저 독일 지성의 보고인 바이마르가 그들의 관심을 끌고, 이어서 라인강의 낭만과 검은 숲(Forêt Noir)의 신비가 그들을 유혹했다. 여행 후에 그들은 독일에 대한 인상을 글로 적는 것을 잊지 않았다.[38]

그러나 독일에 대한 그들의 생각은 스타엘 부인의 의견을 넘어서지 못했다. 18세기의 관점에서 스타엘 부인이 독일에 환호를 보냈듯이 그들도 마찬가지로 독일에 대한 열망은 지나치게 순진하고 서정적인 것이었다. 그들은 스타엘 부인의 견해를 전혀 고치거나 보충하지 않았다.[39] 그러면 왜 그 많은 지식인들의 독일 여행 보고서에는 과학적이고 실증적인 정신이 결핍되었을까? 왜냐하면 그들은 헤겔과 괴테의 언어를 잘 이해하지 못했기 때문이었다.

"라마르틴느, 위고, 뮈세, 비니(Vigny) 등은 전혀 괴테의 언어를 알지 못했다. 네르발만이 『파우스트(*Faust*)』를 번역할 만큼 괴테의 언어를 알고 있었다."[40]

당시 지식인들로서는 드물게 피에르 르루는 독일어를 확실히 이해하고 있었다. 1830년에 그는 괴테의 『베르테르(*Werther*)』를 번역했다. 그는 독일의 철학, 종교, 정치만큼 문학에 관심을 갖고 있었다. 그는 그의 첫번째 잡지 『글로브』에서 신성동맹에 대항하는 새로운 동맹을 찾기 위해 프랑스인과 독일인의 밀접한 관계를 요구했다.

"1824년에 창간된 『글로브』지는 많은 지면을 독일에 관해 할애했다. 두 발행인 중 피에르 르루는 『베르테르』를 번역했고, 뒤부아는 괴테를 만나기 위해 바이마르로 여행을 떠났다."[41]

19세기 초 시작된 프랑스와 독일에 대한 관계는 20세기에 들어
1 · 2차 세계대전을 전후해 양국간의 영향을 밝힌 저서들이 여러 편
출간되었다.

『독일에서의 프랑스 영향의 통사(*Histoire générale de l'influence
française en Allemagne*)』(1915) : L. Reynaud.

『18세기와 19세기 프랑스에서의 독일의 영향(*L'influence allemande
en France au* XVIII *e et au* XIX *e siècle*)』(1922) : L. Reynaud.

『프랑스인과 독일인(*Français et Allemands*)』(1930) : L.
Reynaud.

『프랑스 작가들과 독일의 환상(*Les écrivains français et le mirage
allemand*)』(1947) : J. M. Carré.

『1814년부터 1835년까지 프랑스 문학에 비친 독일(*L'Allemagne
devant les lettres françaises de 1814 à 1835*)』(1953) : A.
Monchoux.

그러나 저자들의 충실한 연구에도 불구하고 프랑스와 독일의 관계
에 관련된 『글로브』지에서의 피에르 르루의 노력은 전혀 밝히지 않
았고, 더 나아가 피에르 르루와 『글로브』지의 위상에 관해 잘못 서술
된 부분을 찾을 수 있다. 『글로브』지와 『르뷔 데 드 몽드』의 라이벌
관계 혹은 편집 방향의 차이를 적절히 설명하지 못했고,[42] 위 저자들
은 피에르 르루가 기조의 정책과 꾸쟁의 철학을 혹독히 비판했다는
것을 알지 못했다.

『우리 시대에 적합한 종교, 사회 정책(*De la politique sociale et
religieuse qui convient à notre époque*)』: 피에르 르루는 이 글에서

자유주의로 겉치레한 기조의 크롬웰주의를 비판했다.

『절충주의에 대한 반박(*Réfutation de l'éclectisme*)』: 피에르 르루는 꾸쟁의 절충주의 철학에 철저한 반대자였다.

그러나 이럼에도 그들은 피에르 르루와 기조, 꾸쟁을 같은 생각을 가진 사상가로 간주했다. "발행자인 피에트 르루와, 뒤부아와 이들 곁에서 빅톨 꾸쟁, 다미롱, 기조 등이 의견을 같이했다.[43]

또한 20세기 독일 연구가들은 피에르 르루를 꾸쟁, 기조와 함께 독일 숭배자(germanophile)로 간주하는 우를 범했다.[44] 피에르 르루가 『글로브』지를 주간할 때는 독일의 이기적인 국가주의에 반대하는 기치를 내세웠다. 그래서 괴테는 『글로브』지에서 '유럽문학의 징후(symptômes de littérature européenne)'를 찾았다고 선언했고, 당시 젊은 하이네(H. Heine)도[45] 이 잡지에 경의를 표했다.

또한 당시 독일 최고의 지성인 괴테 역시 그의 말년에 프랑스의 문학, 과학, 정치, 경제, 철학에 관심을 갖고 『글로브』지에 지 대한 관심을 표명했다. 괴테의 비서인 에케르만(Eckermann)은 괴테와 함께 나눈 대화를 그의 저서 『괴테와 에케르만의 대화(*Les conversations de Goethe avec Eckermann*)』로 정리하면서 괴테 말년의 사상, 생활을 자세히 우리에게 밝혀 주었다.

1826년 7월 괴테가 처음으로 『글로브』지에 대하여 언급을 했다.[46] 그는 독일인 스테퍼(Stapfer)에 의해 번역되고, 『글로브』지에 게재된 앙페르(J. J. Ampère)의 『괴테의 연극 전집(*Oeuvres dramatiques de Goethe*)』에 흥미를 느껴 계속해서 이 잡지를 구독하게 된다. 1830년 2월에는 『글로브』지가 프랑스 문학을 그들이 이해하는 데 많은 도움을 주었다고 밝혔다.

　　"우리는(괴테와 에케르만)『글로브』와『땅(Temps)』지에 관해 이야기를 했다. 이 잡지들은 우리를 프랑스의 문학과 문학가에게로 인도를 했다."[47]

　　7월 혁명 후(1830), 괴테와 에케르만은 생-시몽주의자에 대해서도 의견을 나누었다. 당시 괴테는 개인의 행복과 보편적인 선을 위해 일해야 한다는 생-시몽의 이론에 동의했지만, 생-시몽 이론의 현실성에는 의심을 갖고 있었다.[48]

　　물론, 괴테는 프랑스 고전주의의 영향과 계몽주의 철학, 백과전서파의 사상을 한몸에 받은 인물이고, 그는 18세기 프랑스 정신에 동감을 표시했었다.[49] 그의 말년 유럽이 신성동맹이라는 낡아빠진 이론에 의해 빠져 있을 때 피에르 르루의 『글로브』지를 읽으면서 젊고 신선한 이 잡지에 주목을 했다. 『글로브』지를 통해 파리에서는 하나의 새로운 계급인 공장 노동자층이 움직이고 있으며, 이들이 이미 상당한 대표자를 냈고 조합을 결성하고 있다는 것을 알았다. 올바른 지도체제가 형성되지 않은 상태이긴 하지만 새로운 이념이 사람들의 마음을 움직인다는 것을 괴테는 간파했다. 생-시몽과 그의 주의자들이 육체노동 사상을 사회체계의 중심에 놓아 '새로운 기독교 정신'을 요구하고 있고, 노동의 신성을 선언하여 가장 가난한 최대수의 계급을 사회의 전면으로 부상시키고 있다는 것을 괴테는 『글로브』지를 통해서 이해했다.

2-2) 『베를린에서 쉘링의 강연(*Discours de Schelling à Berlin*)』

　　1841년 쉘링은 헤겔주의의 본거지인 베를린으로 그의 철학을 가르치기 위하여 돌아왔다. 야스퍼스(Jaspers)가 '독일대학에서 마지막으로 가장 큰 사건'이라 말했던 것처럼 그의 귀환은 베를린에 큰 반향을 불러일으켰다.

이 미증유의 유명한 수업은 1841년 9월 800여 명의 청중을 앞에 놓고 이루어졌다. 수업을 듣는 청중 중 우리는 바쿠닌(Bakounine), 키에르케고르(Kierkegaard), 엥겔스(Engels), 사비니, 훔볼트(Humboldt) 등을 찾을 수 있었고, 또한 "예기치 못하게 프랑스 초기 사회주의를 피에르 르루라는 매력적인 인물을 통해" 설명했다.[50]

1842년 4월, 피에르 르루는 『르뷔 엥데팡당트』에 『쉘링의 강연』을 번역하여 게재했다. 그는 쉘링을 독일철학의 원로(patriarche)로 간주하면서 베를린에서의 강연 전에 그의 철학적 흐름을 정리했다.

1. 피히테 철학을 기반으로 해서 출발한 관념 철학 시기 : 『자연 철학 소고(*Idées pour une philosiphie de la nature*)』(1797), 『선험적 관념론의 체계(*Système de l'idéalisme transcendantal*)』(1800).

2. 피히테를 넘어 새로운 방향에서 그 철학적 입장을 철저히 한 시기, 피히테는 주관적 관념론의 입장에서 대립을 해소시키려고 하였으나, 쉘링은 '주관', '자아'의 대립자로서의 '객관', '비아(자연)'로부터 그 자체의 원리를 추구하려 하였다. : 『나의 철학체계의 서술(*Exposition de ma philosophie*)』(1801).[51]

3. 그의 변증법이 후기에 들면서 점차로 쉘링 특유의 사변적이고 시적인 환상 속에 빠져들어 신비화되던 시기 : 『예술철학론(*Philosophie de l'art*)』(1803), 『철학과 종교(*Philosophie et Religion*)』(1804), 『인간 자유의 본질에 관한 철학적 연구(*Les Recherches philosophiques sur l'essence de la liberté humaine*)』(1809) 등.

피히테의 관점에서는 자아의 투영에 불과했던 자연계가 쉘링에게 는 자연계 그 자체가 하나의 내적 필연성과 법칙을 가지고 발전하는 자립적인 것이었다. 쉘링의 자연철학에는 이 우주 안의 물질로부터 유기적 생명에 이르기까지의 자연계를 상승적 발전 과정으로 파악하 려는 변증법이 있으며, 자연뿐만이 아니라 더 나아가서 인간의 역사 도 통일적인 변증법적 발전 과정으로 파악하려고 노력하는 시도가 쉘링에게는 있었다. 이런면에서 그는 독일에서 철학적 혁명의 주도 자가 아닐 수 없었다.

그래서 피에르 르루는 쉘링을 독일의 철학사에서 "가지를 많이 치 고 있는 독일의 현 사상사에서 거대한 떡갈나무"라고[52] 표현했고, 철 학뿐 아니라 문학에서도 쉘링의 영향력이 지대하다고 평가했다. 독 일 '질풍노도(Sturm und Drang)'의 두 영웅 쉴러와 괴테를 예를 들 면서 피에르 르루는 "쉴러가 혁명적 운동과 동시에 칸트와 피히테의 철학과 유사하다면 괴테는 쉘링과 함께 철학의 동질성을 보여준다" 고[53] 설명했다.

자연스럽게 피에르 르루는 당시 독일의 종교적 문제와 관련된 쉘 링의 정치적 관점도 고려했고, 그는 쉘링이 단언한 헤겔 쪽으로 기우 는 그의 철학적 경향을 포기할 거라는 약속을 실행할 것을 제안했 다.[54]

칸트에서 시작된 독일 이상주의 철학은 피히테의 주관적 관념을 거쳐 쉘링에 이르러서는 객관적 관념으로 명백하게 나타나 헤겔에 의해 그 체계가 완성되었다.

헤겔은 쉘링이 피히테의 주관적 관념론을 객관적 관념론으로 전환 시키려는 노력에 동의하여 협력을 아끼지 않았으나 쉘링이 학문의 정상에다 예술을 놓은 반면 헤겔은 철학을, 쉘링의 지적 직관에는 변 증법을 대치시키면서 의견의 차이로 헤겔과 쉘링의 사이에 균열이 생기게 되었다. 헤겔의 변증법은 비밀스런 것이 아니고 공개적인 것이며, 헤겔은 변증법이 학문을 지향하는 만인의 소유물이 되어야 한다고 보았다. 헤겔이 말하는 모든 관계 중 가장 보편적인 관계는 대조, 또는 반대의 관계다. 사고, 또는 사물의 어떠한 상태도 싫건 좋건 반드시 그 반대를 낳고, 이것과 합일하여 보다 높은, 또는 보다 복잡한 하나의 전체가 된다. 이 변증법적 운동은 헤겔이 쓴 일체의 것을 일관하고 있다.

헤겔은 독일 관념론 철학자 중에서 가장 중요한 의의를 가지고 있으며 또한 그 영향도 가장 큰 철학자였다. 그런데 왜 피에르 르루는 헤겔의 철학을 비판했을까? 헤겔은 다른 철학자들을 몽상자라고 비난하고, 또한 그는 프로이센 정부와 결탁하여 프로이센 정부를 절대자 최후의 계시라 하여 축복하고, 관학의 혜택을 크게 입었다. 그래서 사람들은 그를 '어용철학자'라고 불렀다.[55] 헤겔은 자기의 체계를 세계의 자연법의 일부로 보기 시작했으나, 그것은 그 자신의 변증법이 자기의 사상도 영원한 것이 아니라 결국은 소멸될 것이라고 선고하였던 것을 잊어버렸던 것이다. "철학이 1830년경의 베를린에서 만큼 자주적으로 언론을 폈던 때는 일찍이 없었고, 철학의 당당한 위신이 1830년경의 베를린에서만큼 완전히 승인되고 확보된 적은 일찍이 없었다."라는 그의 말은 베를린이 신성동맹의 중심지이고 당시 프로이센 주민들이 유럽에서 가장 열악한 삶을 사는 민중의 하나라 생각하면 헤겔은 위선에 빠져 있었다.

신성동맹은 새로운 통합의 기운에 자리를 내주어야만 하고 민중의 삶은 향상되어야만 하는 것을 피할 수 없는 명제라 생각한 피에르 르루는 이런 이유로 강하게 헤겔주의를 비판했던 것이다.

더구나 당시 프랑스에서는 세상의 영화는 혼자 다 누리면서 프랑스가 공인하는 철학자가 되려 했을 뿐 아니라 당시 프랑스 철학자들

을 자신의 '군단'이라 표현할 만큼 철학의 독재자 노릇을 한 꾸쟁이
프로이센을 세 번이나 방문해 헤겔, 쉘링 등을 만나 독일 관념론을
적극적으로 받아 들여 유심론적 절충주의를 만들어 보려고 노력하고
있었다.

"독일을 여러 번 여행하던 중에 꾸쟁은 독일철학을 발견하였다. 그는
쉘링과 헤겔을 직접 만나고 파리로 돌아와 '여러분 저는 위대한 철학자를
발견했습니다. 그는 헤겔입니다'라고 말했다. 그러나 꾸쟁은 개인적인 생
각을 전혀 갖고 있지 않은 빈 머리의 소유자, 다만 말 잘하는 연사일 뿐이
었다."[56]

꾸쟁을 보잘것 없는 철학자로 생각했던 피에르 르루는 그를 '헤겔
의 모조품(singe de Hegel)' 더 나아가 오직 헤겔을 흉내만 내는 사람
으로 평가했다. 피에르 르루로부터 신랄하게 비판받은 그의 철학을
살펴보면, 꾸쟁은 19세기는 정치 분야에 있어 군주정, 귀족정, 민주
정의 요소가 복합되어 있는 것처럼 철학에서도 여러 가지 체계들이
지닌 훌륭한 요소들을 결합시킨 절충주의 철학이 탄생되어야 한다고
생각했다. 그래서 그는 제반 사상들에 대해 깊은 반성이나 명확한 결
론 없이 그것을 수집했고, 절충주의를 혼합주의에 비유했기 때문에
철학으로서 성공할 수가 없었다. 그는 자신의 절충주의의 원리를 독
일철학의 변증법적 방법에 따라 재구성해 보았던 것뿐이었다. 베를
린 숙명론의 사생아가 바로 파리의 절충주의인 것이다. 꾸쟁은 프랑
스에서 헤겔의 철학을 베끼고 어설프게 흉내내었던 것이다.[57]
　이런 독일의 몇 가지 열악함에도 불구하고 영국과 러시아 등은 돌
이킬 수 없는 제국주의의 길에 빠져들었기 때문에 유럽의 새로운 통
합을 위한 파트너로 피에르 르루는 독일을 택한다. 1842년 피에르

르루는 호소한다.

"독일 국민은 아직도 우리의 적입니까! 어디에, 우리의 벗은 어디에 있습니까? 프랑스와 화합을 위해 감동을 주는 국민은 어디에 있습니까"[58]

1842년 피에르 르루가 세계 평화를 위해 국제적 문제까지 관심을 갖는 것을 『르뷔 엥데팡당트』는 우리에게 보여주었다.

2-3) 영국

1831년 리용 견직물 공장에서 노동자들의 첫 번째 봉기가 일어났을 때부터 프랑스 노동자들의 권리선언은 피에르 르루의 영향을 받았다. 노동자 계급의 대부분을 차지하는 프랑스의 두 번째 도시 리용에서의 이 소요는 이어서 발생하는 프랑스 전역의 노동자 권리선언에 지대한 영향을 미친다.

다른 엘리트 노동자 계급들이 침묵을 지키고 있을 때 리용에서의 봉기는 피에르 르루의 전도에 따른 것이다.[59] 새로운 세기의 도래를 『글로브』지에서 확신한 피에르 르루는 자신의 확신을 발전시키고 확인하기 위해 리용에 직접 가서 생-시몽주의를 전도한다.

7월 왕정 동안 피에르 르루는 영국의 입헌제와 밀접한 관련이 있는 프랑스의 경제 정책에 관해 여러 글을 통해 비판한다.

1832. 8. 『정치론(*Aux politiques*)』.

1832. 9. 『프랑스 정부는 완전한 금권체제이다(*Le gouvernement de la France est une véritable ploutocratie*)』.

1832. 10. 『영국의 경제정책(*De l'économie politique anglaise*)』.

1832. 10. 『프랑스의 실제 순소득과 분배자들(*Du revenu net de la France et de ses dispensateurs*)』.

　피에르 르루의 글에 들어가기 전에 산업혁명 때 영국과 프랑스에서는 어떤 일이 일어났고, 왜 프랑스 정부는 영국 입헌제의 영향에 그렇게 민감했는가를 알아보자.

　경제적으로 18세기말까지도 영국은 '구제도(ancien régime)'에 머물러 있었다. 1770년경 농업인구가 산업 인구의 대다수를 차지했고, 농업분야의 수익이 전체 국가 수입의 60%에 이르렀다. 그러나 이때부터 점진적으로 산업혁명이 가까이 있다는 것을 느끼기 시작한다. 새로운 기술의 개발이 '농업혁명(La Révolution agricole)'을 야기하고, 이 농업 혁명은 필연적으로 도시 인구의 팽창과 이농현상을 부추긴다. 요먼(yeoman) 계급의 쇠퇴와 소멸로 이어지는 토지 소유의 재편성은 영국에서 인구가 급속히 늘어나는 원인을 제공한다. 요먼은 본질적으로 농토에 직접 살면서 스스로 경작하는 땅을 소유한 자유보유농이었다. 요먼 계급의 쇠퇴는 한결같지가 않기 때문에 그 시기를 정확히 말할 수는 없다. 그들은 어떤 주들에서는 급속히 소멸되고 있었던 반면에 어떤 주들에서는 나폴레옹 전쟁 기간에 있었던 영국 농업의 부자연스러운 번영 덕분에 존재했다. 그러나 강화를 맺은 뒤에 잇따라 나타난 위기는 그들에게 결정적 타격을 가했다. 요먼 계급의 쇠퇴는 산업혁명이 가져온 결과들 가운데 하나인데 가내공업의 몰락이 농촌 주민으로부터 생활 수단의 일부를 빼앗았다.[60] 생활 기반을 박탈당한 농민들은 대도시나 소도시 특히 상당한 제조업이 행해지고 있던 도시들에서 지속적으로 정착지를 얻고 있었다.

　여기서 자연스럽게 피에르 르루도 영국의 인구에 관한 논쟁에 참여하는데 맬더스(R. Malthus)가 1798년 발간한 『인구론(*l'essai sur le principe de la population)*』에 반대 입장을 취한다.

인구 문제에 관해 비관적 견해를 가진 맬더스의 사상은 중농주의자 콩도르세, 낙관적 생각을 가진 아담 스미스(Adam Smith)의 연구에 의해 형성되었고 마찬가지로 당시의 환경과 상황에 의해 형성되었다. 맬더스는 급속한 성장과 심각한 곤궁이 나타나는 시기에 책을 쓰면서 부가 그릇되게 분배된 것이 이유라기보다는 오히려 인구가 너무나 많다는 사실 때문에, 인구 감소의 두려움에 잇따라 영국이 인구 과잉이 되어 빈곤에 빠질 운명이라는 더 대해 두려움을 나타냈다.[61]

결국, 영국은 기술 개발과 발명 덕택에 산업혁명을 1830년 이전에 실현시킨 첫번째 국가가 되었다.[62] 이런 경제 상황은 영국의 정치 혁명에 직, 간접적으로 영향을 미친다. 영국의 정치체제는 의회주의의 승리로 귀결되는데 민주주의는 아니었다. 왜냐하면 19세기 초반까지 상·하 양원은 귀족들로만 구성되었기 때문이다. 특히 산업과 상업이 도시화된 사회체제를 지배하는 경제체제 때문에 인구 분포에서 노동자들이 대다수를 차지하게 되고, 이것은 1815년 이후 유럽 전체의 사회, 경제적 위기를 반영하는 유산자 계급과 무산자 계급 간의 사회적 문제로 나타난다.

한편, 1762년에 영국의 식민지주의는 신세계 발견과 해군력의 우위 확보 덕택으로 벵갈(Bengale)지방까지 확장된다. 18세기 말에는 다른 유럽 열강과의 경쟁을 통해 영국은 상업, 식민제국주의의 선두에 서게 된다.[63]

영국의 정복욕에 관해서는, 아일랜드(Irlande)와 스코틀랜드(Ecosse)와의 관계에 주목할 필요가 있다. 오래전부터(1541) 영국과 아일랜드의 분쟁은 아주 심각했다. 성공회(anglicanisme)를 아일랜드에 전파시키면서 영국은 카톨릭고도가 대부분인 아일랜드인을 그들의 절대 영향력 아래 두려 했다. 아일랜드인들은 영국의 정복에 맞서 끊임없이 싸워야 했다.

"그러나 아일랜드인들의 항거는 무참히 짓밟혀졌다. 기회가 있을 때마다 영국군은 섬을 점령했다. 1603년 아일랜드인들은 복종한 것 같았으나 영국과 아일랜드의 반목은 지금까지 종교적 반목으로 심화되어졌다."[64]

피에르 르루는 1832년 『정치론』에서 산업혁명기에 노동자, 빈민들이 겪고 있는 고난을 무시하고 정복 등을 통하여 산업을 발전시키는 영국의 경제 정책을 통렬히 비난하면서 7월 혁명 후 보편적 사회구조의 진보를 원하는 그의 사상을 이론적으로 밝혔고, 『금권 정치 혹은 부호들의 정부(*De la ploutocratie ou du gouvernement des riches*)』는 경제 전문가로서 특히 무산자, 노동자, 농민의 상황에 관심을 갖고 적은 7월 왕정의 경제 보고서이다.

루이 필립 때 프랑스는 영국 입헌제를 모방한 전형적인 금권체제였다. 그래서 여러 글을 통해 피에르 르루는 7월 왕정 동안의 경제 정책(기조와 티에르)을 비판한다. 입헌제를 실현시키기 위해서는 최소한 각 나라의 현실을 이해해야 하는데 정책 입안자들은 프랑스의 상황을 전혀 무시한 채 영국의 입헌제를 모방했다고 르루는 주장한다.[65]

루루는 그의 책에서 풍부한 통계를 제시하며 영국을 모방한 프랑스 경제의 모순을 일목요연하게 보여준다. 인구 분포를 수입에 따라 정리한 통계를 보면,

제1계급 : 4,000,000(걸인)
제2계급 : 4,000,000(극빈자)
제3계급 : 4,000,000(어떤 재산도 소유하지 않은 임금 노동자)

제4계급 : 18,000,000(그들의 생존에 필요한 어떤 직업도 갖지는 않았
지만 약간의 땅을 소유한 계급)
제5계급 : 4,150,000(공식적으로 128프랑의 수입을 올리는 계급)
제6계급 : 750,000(공식적으로 491프랑의 수입을 올리는 계급)
제7계급 : 230,000(공식적으로 2000파운드의 정기 수입을 얻는 계급)[66]

마지막으로, 피에르 르루는 평화적인 유럽통합에 영국 제국주의를
절대로 포함시킬 수 없는 두 가지 이유를 든다. 하나는 영국 자본주
의의 번영이 비참한 무산자 계급을 필연적으로 양산한다는 것이고,
두 번째는 제국주의와 식민지주의의 절정에선 영국은 유럽 평화, 더
나아가서 세계 평화에 걸림돌이 된다는 것이다.

2-4) 보헤미아(Bohême)

이 책의 서론—피에르 르루 사상의 형성과 전개—에서 이미 살펴
보았듯이, 미래의 새로운 비전을 제시하기 위해 지나간 역사를 밝힌
르루의 백과사전 『앙시클로페디 누벨』은 르루가 주도한 종교사상에
관한 연구와 또 다른 주요 집필자인 장 레이노가 제시하는 지리에 관
한 것이 두 축을 이룬다.

『앙시클로페디 누벨』에서 지리학적 연구에 관한 범위는 오세아니
아까지 포함하는 모든 대륙에 이른다. 이 연구의 영역은 방대할 뿐만
아니라 세밀하다. 이 백과사전에 제시된 나라, 지역, 인종을 살펴보
기로 하자.[67]

유럽

1834,「그리스 알바니(*Albanie Grecque*)」, 엠마뉴엘(C.

Emmanuel).

1834, 「독일(*Allemagne*)」, 까르노(H. Carnot).

1834, 「안도라(*Andorre*)」, 레이노(J. Reynaud).

1834, 「영국(*Angleterre*)」, 크로으(E. E. Crowe).

1836, 「오스트리아(*Austriche*)」, 장스키(B. Janski).

1836, 「발칸반도(*Balkans*)」, 위오(J. J. Huot).

1836, 「발트해(*Baltique*)」, 위오.

1836, 「벨기에(*Belgique*)」, 몽젱(J. Mongin).

1836, 「보헤미아(*Bohême*)」, 장스키.

1837, 「덴마아크(*Danemark*)」, 레이노.

1837, 「스코틀랜드(*Ecosse*)」, 레이노.

1839, 「사르디니아(*Sardaigne*)」, 레이노.

1841, 「시칠리아(*Sicile*)」, 엠마뉴엘.

1841, 「스위스(*Suisse*)」, 엠마뉴엘.

1841, 「슬라브족(*Slaves*)」, 페트텡(A. Pètetin).

1843, 「에스파니아(*Espagne*)」, 레이노.

1843, 「유럽(*Europe*)」, 레이노.

아시아

1834, 「아프가니스탄(*Afghanistan*)」, 카지미르스키(Kazimirski).

1834, 「아시아 알바니(*Albanie Asiatique*)」, 카지미르스키.

1834, 「알타이 산맥(*Altai*)」, 위오.

1834, 「아마존느(*Amazones*)」 : (신화)소아시아에 살았다는 전설적인
　　　여자 무인족, 몽젱.

1834, 「아라비아(*Arabie*)」, 아브작(Avezac).

1836, 「아르메니(*Areménie*)」, 폴리(Poley).

1836, 「아시아(*Asie*)」, 롤랑(P. Roland).

1836, 「소아시아(*Asie Mineure*)」, 롤랑.

1836, 「바그다드(*Baghdad*)」, 카지미르스키.

1836, 「봄베이(*Bombay*)」, 데롱샹(Deslongchamps).

1836, 「미얀마(*Birman*)」, 폴리.

1837, 「광동(*Canton*)」, 포티에(G. Pauthier).

1837, 「코카즈(*Caucase*)」, 위오.

1837, 「인도네시아 열도(*Célèbres*)」, 위오.

1837, 「실론(*Ceylan*)」, 위오.

1837, 「중국(*Chine*)」, 포티에.

1837, 「키프로스(*Chypre*)」, 위오.

1841, 「사르디니아(*Sarde*)」: 소아시아의 지방, 화바스(T. Fabas).

1841, 「시리아(*Syrie*)」, 엠마뉴엘.

1841, 「티벳(*Thibet*)」, 엠마뉴엘.

1841, 「터키(*Turc*)」, 엠마뉴엘.

1844, 「오스만터키족(*Ottomans*)」, ?.

1844, 「페르시아(*Perses*)」, ?.

아프리카

1834, 「아프리카(*Afrique*)」, 아브작.

1834, 「알제리(*Alger*)」, 아브작.

1836, 「바르바리아(*Barbaresque*)」: 마로크, 알제리, 튀니지 등, 아브
　　작.

1837, 「카이로(*Caire*)」, 카지미르스키.

1837, 「케이프타운(*Cap*)」, 아브작.

1837, 「카르타고(*Carthage*)」, 몽젱.

1837, 「콩고(*Congo*)」, 위오.

1837, 「이집트(*Egypte*)」, ?.

1841, 「세네갈(*Sénégambie*)」, 레이노.

1841, 「튀니(*Tunis*)」: 튀니지의 수도, 엠마뉘엘.

북아메리카

1834, 「알류샨 열도(*Aléoutiennes*)」, 레이노.

1834, 「아메리카(*Amérique*)」, 라코르데르(T. Lacordaire).

1834, 「북극(*Arctique*)」, 라코르데르.

1937, 「캐나다(*Canada*)」, 위오.

남아메리카

1834, 「아마존강(*Amazone*)」, 라코르데르.

1834, 「아메리카(*Amérique*)」, 라코르데르.

1834, 「중앙 아메리카(*Amérique Centrale*)」, 라코르데르.

1834, 「서인도제도(*Antilles*)」, 라코르데르.

1836, 「볼리비아(*Bolivie*)」, 라코르데르.

1837, 「브라질(*Brésil*)」, 라코르데르.

1837, 「칠레(*Chili*)」, 위오.

1837, 「콜롬비아(*Colombie*)」, 위오.

1837, 「쿠바(*Cuba*)」, ?.

1844, 「페루(*Pérou*)」, ?.

오세아니아

1834, 「오세아니아 군도(*Amiranté*)」, 레이노.

1834, 「호주(*Australie*)」, 뒤몽(U. Dumont).

이 백과사전의 풍부한 자료 중 우리는 보그당 장스키의 보헤미아 지방에 관해 역사적, 정치적, 지리학적으로 철저히 고증을 가한 글 『보헤미아』에 관심을 갖는다. 왜냐하면 이 지역은 카톨릭에 대항해 일어난 종교개혁의 보고이고, 그 중심 인물인 장 위스(Jan Huss)의 고향이기 때문이다. 위스는 중앙유럽에 처음 설립된 프라하(Prague) 대학의 학장이었고, 슬라브 민족의 해방과 교회 개혁을 루터나 칼벵보다 100여 년 앞서 주창한 인물이다. 이런 이유로 피에르 르루는 종교개혁의 근원지를 보헤미아 지방에서 찾았고, 르루의 철학을 대변한 조르즈 상드의 소설 『꽁슈엘로』의 2부와 3부에서는 보헤미아 지방이 프러시아에 의해 지배를 받고 있던 시기의 참혹한 역사를 기록한다.

보헤미아라는 고유명사는 역사학자나 작가의 기억 속에 유럽의 여러 지방 중 온갖 전쟁의 참상을 겪은 가장 슬픈 운명을 지닌 지역으로 각인된다. 10세기부터 보헤미아인은 독일의 영향에서 벗어나기 위해 투쟁을 시작한다. 독일의 속박에 대항해 일어난 보헤미아인의 저항은 이후 오랫동안 계속된다. 보헤미아인의 진정한 해방을 위해 간헐적으로 일어났던 소요는 장 위스와 함께 '국가 번영의 새로운 시대(Nouvelle époque de splendeur nationale)'를 맞이한다.[68]

유럽의 동과 서가 마주치고 남과 북이 만나는 보헤미아 지방은 완벽하게 유럽의 중앙에 위치한, 유럽의 지리적인 심장이요 중심핵이다. 예전부터 보헤미아 지방을 차지하는 자가 전 유럽을 지배한다는 말이 있을 정도로 지정학적으로 중요한 요충지인 이곳은 그래서 수많은 전쟁들이 이곳을 짓밟고 지나갔다. 기원 전에는 켈트인들이 이 땅을 차지했었고, 그후에는 게르만인과 로가인이 한바탕 피를 흘렸고, 6세기부터 8세기에 이르는 기간에는 프랑크 제국이 아바르족과 대치했으며, 9세기에는 동로마 제국과 서로마 제국의 각축장이었으며, 13세기에는 타타르족의 침입, 16세기에는 오스만 터키가 이 땅을 유린했다. 15세기의 위스주의 혁명운동과 17세기의 30년 전쟁이 국토를 피폐화시켰고, 18세기와 19세기의 오스트리아—프러시아 전쟁, 19세기 초의 나폴레옹 원정, 금세기 들어 1, 2차 세계대전이 이 땅을 할퀴고 지나갔거나 이곳에서 시작되었다.

체코 민족과 슬로바키아 민족으로 구성된 이 보헤미아 지역 주민 중, 슬로바키아족은 10세기 초부터 천년간 헝가리의 지배를 받아야 했고, 체코 민족은 1620년 빌라호라 전투에서 패배 이후 300여 년간 오스트리아의 지배를 받아야만 했다. 그러나 이들 민족은 강대국의 지배에 잘 견뎌내고 지금까지 살아 남았다. 유럽의 한가운데에 위치해 열강들로 둘러싸인 이들 민족의 생존 전략은 무력이 아닌 정신력과 도덕적인 우월성에 의지하는 참다운 지혜의 결과이다. 강대국을 이기는 힘은 칼이 아니라 펜이라는 점을 인식한 민족 지도자들은 교육을 장려하고, 자유와 평등을 사랑하며, 인본주의를 추구했다. 그래서 이미 14세기 알프스 이북의 유럽에서는 최초로 프라하에 대학을 설립하였고, 15세기 초에 이 대학 학장인 종교개혁가 위스와 그의 추종자들은 유럽 최초의 프로테스탄트 혁명을 주도하고 계승하였다.

중세 보헤미아 역사의 황금기로 정치적, 문화적으로 유럽의 강국임을 자임하던 카렐(Karel) 4세의 통치가 끝나고 체코 왕국은 왕권과 교권과의 알력, 왕과 귀족 간의 불화 등으로 인한 통치력의 약화, 경제적 위기, 전염병의 창궐 등으로 쇠퇴기에 접어 들었다. 이로 인해 국민들 간에는 불안감과 위기 의식이 고조되었는데, 많은 사람들은 그 원인을 성서에 담긴 하느님의 계율을 어기고 막대한 부를 바탕으로 사치와 영화를 일삼는 교회와 성직자의 부패로 생각했다. 자신들의 사명과 본분을 망각한 성직자들은 계속해서 세속 정치에 개입하여 그 폐혜가 도를 넘자 교회의 개혁 없이는 사회의 개혁이 불가능

하다고 당시 많은 개혁론자들은 생각했다.[69]

이런 개혁론자의 선두에 선 사람이 프라하 대학에서 라틴어를 가르치고, 체코어로 저술 활동을 하며 체코어를 발전시키고, 체코어 철자법을 개량해 오늘날까지 사용되는 맞춤법을 확정한 장 위스였다. 그는 카톨릭의 타락에 대해 비판하며, 교회가 부패를 청산하고 초기 기독교 정신으로 복귀할 것을 권고하였다. 위스를 중심으로 한 프라하 대학 교수들의 비판은 왕실과 일부 귀족들, 많은 대중의 지지와 박수갈채를 받았다. 그러나 고위 성직자들과 프라하시의 독일인 대표들은 위스에게 반기를 들었다. 위스는 스스로 대중 앞에 나서서 설교를 통해 가르침을 전했을 뿐 아니라 이를 실행에 옮기도록 실천적인 면도 강조하였다. 또한 교회와 성직자의 재산권을 박탈해 청렴한 교회로 변화시켜야 된다는 위스의 주장은 소귀족들과 도시민을 포함한 많은 대중의 지지를 받았다. 이후 위스는 교회의 면죄부 판매를 신랄히 공개적으로 비난하다, 교황에 의해 1411년, 1412년 두 번에 걸쳐 파문을 받았다.

1414년 10월 스위스의 콩스탕스 공의회(Concile de Constance)에서 위스는 이단으로 선고받고, 반대파에 의해 체포되어 감옥에 갇히게 되었다. 이듬해 1415년 6월 7일 산 채로 화형에 처해졌다.

위스의 처형으로 보헤미아 땅에는 혁명의 기운이 감돌기 시작하여 위스의 추종자들은 콩스탕스 공의회의 결정을 거부하는 결의문을 채택하고 지도자의 가르침에 따라 보헤미아 땅에서 하느님의 말씀을 끝까지 수호하겠다는 선언문을 발표하였다. 이는 기존 교회에 대한 공개적인 도전과 봉기의 신호로 많은 대중의 지지를 받았다. 위스가 죽은 후 위스주의자 전쟁(guerres hussites)이 발발했고, 이는 100년 후인 16세기 유럽의 종교개혁 운동에 영향을 주었다. 당시 유럽의 모든 나라들이 위스주의를 이단으로 간주하여 십자군을 파견하였고 이는

1618년 30년 종교전쟁(guerre de trente ans)으로 이어져 1620년 빌라 호라 전투의 패배로 체코는 독립국가의 자격을 상실했다. 보헤미아 땅에서 시작된 30년 전쟁(1618~1648)은 유럽 전역으로 확산되었고, 일찌기 보헤미아는 1620년 전투의 패배로 오스트리아 합스부르크가(la Maison des Habsbourg) 독재체제의 참혹함을 겪게 되었다.[70]

이런 정치, 종교적 역경 속에서도 15세기의 영광스런 위스주의 운동은 교회를 퇴조시키고 귀족, 도시 계급을 부상시키면서 중세 봉건 사회의 몰락을 재촉하였고 새로운 사회의 도래를 예고하였다. 그러나 위스주의 운동의 가장 큰 성과는 인간의 자유에 대한 불굴의 신념이었다. 사상의 자유와 믿음의 자유에 대한 신념은 위스주의 운동이 보헤미아와 더 나아가 유럽의 정신사에 남긴 유산인 것이다. 30년 전쟁 동안 겪은 참혹함과[71], 그후 오스트리아의 지배에도 불구하고 보헤미아인이 정신적으로 그들만의 고유한 문화를 오랫동안 유지할 수 있었던 것은 이런 위스주의 운동의 결과였다고 『앙시클로페디 누벨』은 설명한다. 또한 16세기부터 시작된 교육기관의 설립은 계속되는 반란과 전쟁의 역사로 점철된 보헤미아인에게, 상대적으로 활발한 문화활동을 보장했다.[72] 이런 교육기관의 설립은 오랜 오스트리아의 억압에도 보헤미아인이 그들의 자존심인 영광스런 위스주의 운동을 지키는 보루였다고 『앙시클로페디 누벨』은 보았고, 그래서 피에르 르루는 유럽에서 종교개혁의 선구자를 루터나 칼벵이 아닌 장 위스로 보는 것이었다.

강대국에 의해 무참히 짓밟힌 보헤미아의 역사에서 유럽 정신사의 정수를 찾은 피에르 르루는 지금까지 몇몇 강대국의 힘이 유럽 사회를 지배한 것에 반기를 들면서, 열강들의 틈 속에서 고난의 역사를 살아온 보헤미아인들의 문화적 유산에 대한 긍지가 결국 그들만의 고유한 가치와 더불어 인류 공동의 가치를 추구했다고 보았고, 약소

국가의 한계를 극복해 세계 공동체에 이바지할 수 있다는 것을 확인
했다.

3. 탈유럽

3-1) 아이티(Haïti)

19세기 초 당시 유럽에서의 국제관계는 주로 5대 강대국들에 의하
여 좌우되었다. 프랑스, 영국, 러시아, 오스트리아, 프러시아로 대변
되는 소위 '일류 국가'들은 집요하게 그들의 지위를 지켜나가기 위
해 그들만의 정치적 밸런스 혹은 균형의 체계를 유지하는 것을 그들
의 정치이론으로 삼았다. 이것은 새로운 국가가 그들의 대열 속에 새
로이 편입되는 것을 용인하지 않는 편협한 이론인 것이었다.

이에 피에르 르루는 이들 강대국들의 이론을 '낡아빠진 이론'으로
간주하고, 모든 국가, 민족이 참여하는 진정한 정치적 통합을 강조했
다. 자연스럽게 피에르 르루는 여기어 올바르 발전된 사회의 기본 강
령인 노예제도의 폐지를 강력히 주장하며, 1827년 『글로브』지에 「노
예제도와 우리 식민지의 상황—흑인 노예 무역제도의 폐지와 프랑
스 식민지의 노예제도(*De l'esclavage et de la situation de nos
colonies-Abolition de la traite et de l'esclavage dans les colonies
françaises*)」란 기사를 게재했다. 또한 이미 보았던 것처럼, 『앙시클
로페디 누벨』 역시 식민지주의, 노예제도와 상관이 있는 아프리카,
남미 대륙에 관한 기사를 여러 편 다루었다.

마찬가지로 『르뷔 엥데팡당트』도 노예제도의 문제점에 관해 언급
을 했다. 1847년 2월 이 잡지에서 피에르 르루의 동생인, 쥘 르루

(Jules Leroux)는 그의 글 「노예제도에 관한 편지(*Lettres sur l'esclavage*)」를 통해 노예제도의 폐지를 주장하며 다음과 같이 적는다.

> "주인이 노예를 지배한다면, 노예도 자기 차례가 되어 주인을 지배한다. 노예를 주인의 소유로 간주하는 것은 아무것도 보지 못하고, 아무것도 이해하지 못하는 것이다. 그것은 눈멀고 귀먹은 것이다."[73]

여기서 우리는 피에르 르루의 동조자이며 노예해방의 주요인물인 빅토르 쉘쉐르(Victor Schoelcher)와[74] 라틴 아메리카의 공화국 중 유일한 옛 프랑스의 식민지였고, 최초로 독립한 흑인 공화국인 아이티에 관심을 갖는다. 1827년 쉘쉐르는 피에르 르루와 같이 '하늘은 스스로 돕는 자를 돕는다(Aide-toi, le ciel t'aidera)' 협회의 회원이었고, 1829년경 서인도 제도를 여행했을 때 그는 노예들의 운명에 관해 개탄을 금치 못했다.

아이티는 16세기 초에 원주민이 에스파니아 정복자에 의해 전멸당했고, 그 대신 아프리카 흑인 노예가 들어왔다. 그후 프랑스인이 아이티에 근거지를 건설함으로써 프랑스의 세력이 커졌으며, 1697년에 프랑스령임이 인정되었다. 18세기 말에는 50만 명이나 되는 흑인 노예가 목화, 사탕수수, 커피 등의 재배에 혹사당하면서 가장 번영을 누리는 프랑스령 식민지가 되었다. 루베르튀르(Louverture), 데살렝(Dessalines) 등의 지도 아래, 1791년 8월 봉기한 흑인들은 프랑스 대혁명의 과정에 빠르게 대응하면서 에스파니아, 영국, 프랑스의 군대를 격파하여, 1804년에 흑인 공화국의 성립을 선언하였다.

1843년 쉘쉐르는 『르뷔 엥데팡당트』에 아이티의 상황에 관한 주목할 만한 두 편의 기사를 게재한다.

「아이티─기념물, 감옥, 묘지, 교육(*Haïti -- Monuments, Prisons, Cimetières, Educations*)」, Tome Ⅵ, 25, Fev., 1843.

「아이티의 혁명(*Révolution d'Haïti*)」, Tome Ⅷ, 10, mai, 1843.

이 기사들에서 쉘쉐르는 비록 아이티가 독립을 쟁취했다 할지라도 또 다른 독재체제의 굴레에 이 나라가 떨어졌다고 보았다.

"정부는 주민들을 교화시키는 것을 원하지 않는다. 더 나아가 아이티인들이 현실의 부끄러움을 깨달을 수 있도록 도움을 주는 교육으로부터 주민들을 멀리 두려 모든 노력을 다한다."[75]

이런 독립은 쉘쉐르의 눈에 불충분하게 비쳤다. 그럼에도 그는 아이티의 미래에 희망을 갖기를 원했다.[76]

마침내 아이티의 혁명이 실현되었다고 쉘쉐르가 1843년 초 『르뷔 엥데팡당트』를 통하여 프랑스에 처음으로 알렸다. 자유, 평등, 아이티 공화국의 이름으로 그들의 수도인 포르토 프렝스(Port-au-Prince)에서 아이티인들은 공화국을 선포했다. 얼마 후 아이티는 도미니카를 병합했으나. 술루크 제국(l'Empire Soulouque)이란 이름으로 알려진 새로운 아이티 정부는 토지 문제와 흑백 혼혈의 귀족과 주민 대다수를 차지하는 흑인과의 알력으로 오랜 내전에 빠져들게 되었다. 쉘쉐르는 이런 아이티의 현실에 깊은 우려를 나타내며, 비참하고 소극적이며 미개한 대다수 흑인들의 문제에 큰 관심을 가졌다. 그러나 쉘쉐르의 이런 우려는 현실로 나타나 내분이 그치지 않아 19세기 후반부터 미국의 독점자본이 진출하는 기회를 주어, 미국은 아이티를 보호령으로 만들었다. 이것은 영국의 제국주의가 미국으로 넘어가는 전주곡이었다.

쉘쉐르의 흑인 노예에 대한 관심은 피에르 르루의 자본의 노예에 대한 주제와 동일선상에 놓인다. 르루가 1847년에 저술한 『아구아도 씨의 호화 사륜 마차(le Carrosse de M. Aguado)』에서, 그는 식민주의의 노예와 자본의 노예를 같은 눈으로 보면서 '인성을 죽이는 것이 바로 자본(C'est le capital qui tue l'humanité)'이라고 설파했다. 그는 대자본가의 이익을 위해 노예 같은 굴욕적인 생활을 영위하는 노동자들의 당시 처지에 깊은 분노를 느꼈다.[77]

『르뷔 엥데팡당트』의 관심은 유럽을 뛰어넘어, 단순히 이국적인 것을 동경하는 것이 아닌, 정확한 조사와 과학적인 방법에 의해 각 나라들의 비극적 현실을 밝힘으로써 다른 문화와 문명을 올바로 볼 수 있게 도와주는 데 있었다.

3-2) 극동(L' Extrême Orient)

19세기부터 유럽문화는 식민지 건설의 결과로 전세계로 넓혀져 갔다. 유럽에서 민족주의 정신이 정점에 달하면서, 유럽 강대국들은 그들이 설정한 민족주의 안에서 찾아낸 사회적 결속이라는 형식을 통해, 식민지를 이끌어 가려고 혈안이 되었다. 이것은 인류의 분할을 이전보다 더욱 확고하게 만들었으며, 국가간의 적대적인 의식을 더욱 광범위하게 전파시켰다. 이에 피에르 르루는 인종과 민족을 가르는 인위적인 국경을 없앨 것을 강조하며, 모든 인종의 진정한 결합을 주장했다.

1824년 『글로브』지를 창간할 때 르루가 가지고 있던 생각은 서양문화와 동양문화의 자연스런 결합이었다. 이를 위해 그는 아시아에 관한 많은 글을 『글로브』지에 발표했다. 그가 러시아에 관해 이야기할 때는 그 범위를 중앙아시아와 시베리아까지 넓혔고, 미국을 말할

때는 인디안의 조상이 아시아인이었다는 것을 강조했다. 여기서 아
시아의 상황에 관해 『글로브』지에 게재된 글을 정리해 보면,

　　1824, n°3 ,「미얀마 제국에 대한 관계(*Relations sur l'Empire
Birman*)」.
　　1825, n°52, n°53, n°55 ,「아시아, 미얀마 제국(*Asie, Empire
Birman*)」.
　　n°57, n°58 ,「중국, 중국신문에서 발췌(*Chine, Extraits des
journaux chinois*)」.
　　n°78,「중국, 중국으로의 여행(*Chine, Voyage à la Chine*)」.
　　n°100,「아시아, 불교(*Asie, Religion de Bouddha*)」.
　　1826, Tome Ⅲ, n°20,「아시아 싱가도르(*Asie, l'île de de
Singapour*)」.
　　Tome Ⅳ, n°6,「아시아, 동양에 관한 인식의 발달(*Asie, des Progrès
de nos connaissances sur l'Orient*)」.

　아시아는 18세기부터 이어지는 유럽인의 전통에 따라 유럽에서는
'예속의 땅(terre de servitude)'으로 간주되었다. 그러나 피에르 르루
는 인류 기원의 보고를 아시아에서 찾기 위해, 아시아의 정치체제,
사회구조, 종교적 신앙에 관해 깊이 연구했다. 그는 국경의 벽을 허
물고 '모든 인종이 조화롭게 어울려 사는(toutes les races vivent en
harmonie)' 땅을 싱가포르에서 찾았다고 1826년 『글로브』지에서 고
백했고,[78] 이것은 16년 후 『르뷔 엥데팡당트』에 게재된 해군장교 쥘
뒤프레(Jules Dupré) 편지에 의해 확인되어진다.[79]
　사실 아시아는 세계 문명의 주요한 보고 중의 하나였고, 아시아의
역사는 유럽보다 훨씬 앞서는 것이었다. 비록 19세기에 아시아가 정

체 상태에 빠져 유럽문화 수용의 필요성을 느꼈다 할지라도 기본적인 문화의 위대함은 유럽을 능가하는 것이었다. 이런 사실을 인지하고 있는 피에르 르루는 식민지 건설에만 혈안이 되어 아시아에 관심을 갖는 영국의 제국주의에 따끔한 비판을 가하면서, 중국인, 말레이인, 인도 파키스탄인, 유럽인, 유럽 아시아 혼혈인들이 함께 어우러져 정치, 경제 활동을 자유롭게 영위하고 여러 가지 종교를 자연스럽게 공유하는 싱가포르에서 인간이 더불어 사는 모델을 발견했다.

이 책의 2장에서 이미 보았듯이, 피에르 르루는 그의 백과사전『앙시클로페디 누벨』을 통해 먼저 유럽인들에게 동양종교를 바라보는 새로운 관점을 제시했고, 이후『르뷔 엥데팡당트』를 통해 당시의 국제관계에 관심을 갖고 그 영역을 극동까지 넓혔다. 1842년 이 잡지는 아편전쟁의 와중에 있는 중국에서 뒤프레에 의해 발송된 편지를 여러 편 게재했다. 피에르 르루의 철저한 신봉자인 뒤프레는 당시 아시아의 상황을 특파원의 자격으로 상세히 가져다 주었다. 그가 중국에서 발송한 편지를 보면,

「중국에서 쓴 편지(*Lettres écrites de Chine*)」, Tome Ⅲ, 1er Mai 1842.

「유럽, 특히 영국과의 현재 관계 속의 중국(*La Chine dans ses rapports actuels avec l'Europe et l'Angleterre en particulier*)」, Tome Ⅴ, 1er Oct. 1842.

「중국에 관한 편지—영국과 중국-난징 조약(*Lettre sur la Chine— L'Angleterre et la Chine—Le traité de Nan-King*)」, Tome Ⅵ, 10 Fev. 1843.

「중국에 관한 편지—중국의 문명—현재—미래(*Lettres sur la Chine— Civilisation chinoise—Son état actuel—son Avenir*)」, Tome Ⅶ, 10

Mars 1843.

  당시 아시아의 상황을 살펴보면, 일찌기 산업혁명을 완성한 영국은 동방을 단순한 중개무역지가 아니라 원료 공급 및 자국 상품을 수출하는 시장으로 삼기를 원했다. 아편전쟁(la Guerre de l'Opium : 1840~1842)은 위와 같은 영국의 야심이 불러일으킨 근세 최초의 동서양간 전쟁이다.

  전쟁의 발단은 영국이 중국에 아편을 밀수출하면서 시작되었다. 차 소비가 많은 영국에서 차와 비단은 거의 대부분 중국에서 수입하는 실정이었으므로 영국의 대 중국 무역은 언제나 수입 초과를 기록하고 있었다. 영국의 동인도 회사는 막대한 양의 은을 중국에 결재해 주어야 했다.

  이에 영국은 만성적인 무역 적자를 해소하기 위해 인도에서 나는 아편을 중국으로 밀수출하기 시작했다. 그 결과 중국은 다량의 은이 국외로 흘러나가 극심한 재정난을 겪게 되고, 게다가 아편 중독자가 급증하게 되었다. 이에 아편 밀수를 금지시키는 과정에서 영국과 중국 사이에 전쟁이 발발했다. 전쟁은 월등한 화력을 가진 영국이 시종 우세해 청조는 굴복을 하고 영국에 강화를 청했다. 이래서 1842년 8월 29일 난징조약이 체결되었다. 난징조약은 일방적으로 영국측에 유리하게 맺어져, 중국이 잠자는 호랑이가 아니라 종이 호랑이임을 알아차린 서구 열강들은 호혜평등 원칙을 내세워 조약 체결을 요구해 중국은 서구 열강에게 반 식민지 상태로 빠져들었다.

  영국 제국주의의 야비한 침략 근성을 바로 옆에서 목격한 피에르 르루의 신봉자 뒤프레는[80] 18세기 유럽이 아시아에 관심을 가졌던 환상적인 면만을 뛰어넘어 『르뷔 엥데팡당트』를 통해 과학적이고 실증적인 방법으로 중국의 현실을 밝히려고 노력했다.

비록 아시아가 주목할 만한 문학, 철학, 종교를 가지고 있다 할지라도 제국주의의 침략에 의해 당시 아시아는 심각한 무기력에 빠져 있었다.

"우리는 인도뿐 아니라 아시아인의 반이 영국의 굴레에 떨어진 것을 볼 것이다."[81]

피에르 르루와 그의 동조자들은 각 민족의 역사적 배경의 특수성에 따라 독특한 형태로 나타나는 복잡한 현상으로서의 민족과 국가를 개별적으로, 그러면서도 상호간의 공통성과 특수성을 비교, 검토하면서 탁월하게 연구를 했다. 각 민족들이 가지고 있는 보편주의적인 전통으로 유럽통합, 더 나아가서 하나의 인류라는 미래상을 희구했고, 피에르 르루는 탈 유럽화해 미래의 희망을 아시아에서 찾으려 노력했다.

1. 조르즈 상드와 피에르 르루의 사상적 교류

　1789년 프랑스 대혁명을 거친 19세기 초엽, 중엽의 유럽 사회는 급격한 정치체제의 변화와 맞물려, 이후 전개되는 현대 사회를 이끌어 나갈 여러 주요 사상들이 자리를 잡는 시기였다. 특히 1830년에서 1848년까지 7월 왕정(Monarchie de Juillet) 또는 시민 왕정(Monarchie Bourgeoise), 즉 루이 필립의 18년 통치 기간은, 이후 나타나는 19세기 후반과 20세기의 모든 특징적 요소들을 결정짓는 뭇 이론들이 정치, 경제, 사회적인 큰 동요와 함께 생겨나고 다투며 발전한다.

　이 시대가 그전과 판이하게 구별되어지는 것은 지배계층의 변화와 경제력의 유무에 따라 생겨나는 계급의 양분화 현상이다. 당시의 정치 상황을 보면, 기존 귀족계급의 점진적인 몰락과 함께 은행가(banquiers), 기업가(industriels)로 대변되는 신흥 귀족층이 그 자리를 대신하기 시작한다. "지금부터 은행가들이 지배하게 될 것이다(A partir de maintenant, les banquiers feront la loi!)"라는 말로 요약되는 이 시기는 실업가나 금융가들이 새로운 귀족계급의 중추적 역할을 담당하게 된다.

경제, 사회적 측면으로는 산업혁명의 거센 물결이 전 유럽 사회에 확산되면서 기존 경제 행위의 개념은 쇠퇴하고 새로운 경제 개념의 근간이라 할 수 있는 수공업에서 기계공업으로의 전환, 주 동력원의 대체, 독점자본의 형성 등이 시작된다. 이에 따라 은행금융가나 실업가들은 그 재력을 바탕으로 정치, 경제, 사회적으로 기득권을 차지하며 그들의 위치를 강화하기 시작한다. 이는 필연적으로 무산계급의 출현을 불러일으키고, 당시 심각했던 경제 위기인, 밀 생산의 감소와 빵값의 폭등, 사상 최대의 흉작, 그리고 콜레라의 만연 등은 역설적으로 무산계급의 형성을 가속화시킨다.

이런 시대 상황의 변화는 문학적인 측면에도 큰 영향을 주는데, 당시 최고저에 달한 낭만주의 사조는 문학 작품이 문체의 형식뿐 아니라 작품의 내용상으로도 많은 자유와 새로움을 갖도록 길을 열어 준다. 특히, 작품의 주제면에서 그전까지 다루지 못했던 어떤 '타부(taboos)'들을 극복할 수 있었고, 많은 작가들이 사회와 개인 간의 문제, 더 나아가 사회라는 조직체에 짓밟히는 개인의 문제 등에 관심을 가지면서 사회소설이란 '장르(genre)'가 나타나기 시작한다.

우리는 이런 시대 개관 속에서 피에르 르루와 조르즈 상드의 사상적 교류에 주목하게 된다. 불문학사에서 상드의 작품을 이야기할 때, 결코 르루와의 관계를 떼어놓지 못한다. 르루 사상의 철저한 신봉자였던 상드는 어떻게 그녀의 소설에서 한 철학가의 이론을 투영했는가를 알아보고자 한다.

문학사가들이 상드의 작품을 분류할 때,[1] 그녀의 문학 성향에 따라 네 시기로 나누는데 르루와 상드의 관계를 밝히기 위해서는 특히 제 2기(1837~1847)에 주목해야 한다. 이 시기에 상드는 르루의 영향 아래 초기 작품과는 다른 여러 편의 사회소설을 발표한다. 대표적인 작품을 보면 『모프라(*Mauprat*, 1837)』, 『프랑스 일주의 동반자(*Le compagnon du Tour de France*, 1840)』, 『오라스(*Horace*, 1841)』, 『꽁슈엘로(1842~1843)』, 『앙지보의 방앗간 주인(*Le Monsieur d'Angibault*, 1845)』, 『앙뚜안느씨의 죄(*Le péché de M. Antoine*, 1847)』 등이다.

　서정적 소설에서 탈피하기를 원하는 상드는 사회 현실에 눈뜨기 위해 르루와의 교류를 원한다. 『앙시클로페디 누벨』에 실린 피에르 르루의 기사 「행복(*Du Bonheur*)」을 읽고 그녀는 르루에 깊은 관심을 보인다. 상드는 1836년 2월 "르루의 기사는 아주 좋았고 나를 감동시킨다"고 고백한다.

　　"르루와 상드의 만남은 아주 중요한 사건이다. 조르즈 상드는 피에르
　르루로부터 배운 진보적 종교 철학의 신봉자라고 선언한다."[2]

　이런 만남은 르루와 상드가 『르뷔 엥데팡당트』지를 공동으로 창간함으로써, 철학가와 소설가의 사상의 공유토 이어진다. 1841년 11월 1일 발간된 이 잡지의 특징은 기존하는 우산계급[띠에르(Thiers)와 기조(Guizot)의 정부]에 대항하여 작가 정신에 투철한 자유스러움에 있다. 『르뷔 엥데팡당트』에 상드는 그녀의 소설 『오라스(*Horace*)』[3] 1부를 창간호부터 게재하기 시작하여 마지막 4부까지를 4회에 걸쳐 연재한다. 『오라스』 3부와 함께 상드는 『꽁슈엘로(*Consuelo*)』를 1842년 2월호부터 16번에 걸쳐 연속으로 게재하고, 꽁슈엘로의 속편 격인 『루돌스타 백작부인(*La Comtesse de Rudolstadt*)』를 1844

년 2월호에 마지막으로 발표한다. 이런 일련의 소설 발표는 『르뷔 엥
데팡당트』의 정기 구독자를 늘리게 되는 동기가 된다. 전 유럽에서
이 잡지를 구독하게 되고, 상드의 글쓰는 재능은 피에르 르루의 사상
을 그의 작품에 담음으로써 철학가의 사상을 전파하는 계기가 된다.

　19세기 초반 낭만주의자들은 위대한 개인의 개념인 천재를 신봉한
다. 그러나 이러한 개념은 프랑스 혁명의 좌절과 함께 무산되어지고
낭만주의자들은 천재를 믿는 것에 회의를 느끼게 된다. 위대한 프랑
스 대혁명에 걸었던 이상 세계의 실현이 무너지고, 독재자의 화신 나
폴레옹에 실망했던 낭만주의자들은 그들의 사상 구현에 있어 현실적
으로 한 개인이 지닌 힘이 얼마나 무력한 것인가를 깨닫게 된다. 이
것은 개인 의식이 세계적 총체성을 파악하는 데 불완전한 것이고 개
인의 독립성의 기반도 불안정한 것이므로, 한 천재적 개인의 힘에 모
든 것을 의존한다는 것이 얼마나 허황된 일인가를 깨닫는 것을 뜻하
는 것이다.[4]

　그래서 이들은 점점 개인주의 혹은 전체에 대한 숭배를 버리고 개
인을 넘어서는 힘을 찾는다. 낭만주의자들은 이제 세계 이념이란 것
이 개인 아닌 전체의 위대한 집합에 있다고 생각하고 그것을 종교,
국가, 민족, 민중, 역사 등에서 찾는다. 그러나 이들이 초기에 천재를
찾는 개인의 신봉에서 전체의 위대한 통합을 찾는 초개인의 사상으
로 전환한 것은 서로 크게 상반되는 것이 아니다. 그들의 개인주의도
평범한 개인이 아닌 '특별한 개인' 혹은 천재성을 지향했던 것이며,
그것 또한 위대성을 추구한다는 면에서는 다를 바가 없었다. 대상의
차이일 뿐 본질적으로 위대성을 추구한다는 점에서는 동일한 것이
다.

　마찬가지로 상드도 초기 개인사의 이야기인 사랑, 이별, 기쁨, 슬
픔이라는 낭만적 주제에서 개인을 뛰어넘는 사회 구성원간의 종합적

실체를 표현하기 위한 어떤 원동력을 필요로 한다. 이로 인해 피에르 르루와의 만남이 이루어지고, 특히 종교, 역사, 민중을 통해 개인이 아닌 전체의 위대한 집합을 찾는다.

그들의 본격적인 교류는 1841년 시작되는데 『르뷔 엥데팡당트』에 게재된 『오라스』와 『꽁슈엘로』의 교정을 르루가 보면서 소설의 문체, 사상의 전개까지 르루는 상드에게 조언을 한다. 이후 소설에서 상드는 평등과 박애를 통해, 또 계급의 융합을 통해 건설될 멋진 시대를 그리고, 인간 사회의 상호 부조, 빈부 계급의 융합, 부의 공평한 분배 등을 이야기하고, 새로운 종교를 통한 세계 평화의 도래를 예언한다. 인간의 선의를 믿는 낙천주의를 기조로 삼은 상드는 이해 관계나 법률 등이 없는 자, 여성의 정열을 짓밟는 사회를 비난하며, 인성의 발달이 이런 억압을 없애리라 믿는다.

이런 상드 소설의 성격은 피에르 르루와의 사상의 교류로 좀더 강화되고 이론화된다. 피에르 르루 철학의 번역서로 일컬어지는 『꽁슈엘로』에서 상드가 르루로부터 받은 독특한 사상을 우리는 찾을 수 있다. 이미 르루가 1832년 『르뷔 앙시클로페디크』의 논문에서 그의 기본적 철학 사상을 체계화시키기 위해 고대 동양 철학의 윤회 사상을 빌렸는데, 상드는 소설에서 이 영혼 불멸 사상에 대한 믿음을 확신한다. 서양 소설에서는 처음으로 접하는 윤회적 성격의 사상이다.[5]

또한 르루가 1832년 「평등(*Egalité*)」이라는 글에서 진정한 평등을 위한 종교적 사건을 찾기 위해, 르루는 그 시기를 루터와 칼빈의 종교개혁에 두지 않고 15세기 장 위스(Jean Huss)의 종교개혁에 초점을 맞추었다. 상드는 4년 후 『꽁슈엘로』를 통해 장 위스의 외침을 전 유럽에 전파한다.[6]

마지막으로 『꽁슈엘로』에서 보여주고 있는 사상 중의 하나는 최근 유럽 사회에서 활발히 논의되고 있는 유럽인은 하나라는 유럽통합 정신인데 그 이론적 배경은 1827년 『글로브』지에 게재된 「유럽통합 (*l'Union Européenne*)」이다. 여기서 그들이 중요시했던 점은 이 통합이 교회의 권력이나 정부에 의한 것이 아니라 유럽인 각 개인의 인성에 바탕을 두어야 한다는 것이다.

우리는 한 초기 사회주의 철학가의 사상과 그의 이론이 문학 작품에 어떻게 투영되었나를 알아보았다. 사상가의 철저한 투사 (militante)로서 소설가는 사상가의 철학에 동의하고, 조르즈 상드는 소설 속에서 피에르 르루의 정신과 사상을 대변한다. 여러 소설에서 상드는 르루의 영향을 직접 받았고, 소설가는 철학자의 영향을 부인하지 않는다.[7]

2. 조르즈 상드 소설에서의 여성

상드, 그녀에 대한 이야기는 남장차림의 자유 분방한 생활을 즐긴 여성, 뭇 예술가들과의 연애 사건으로 유명한 여인으로 시작한다.[8] 앞에서도 보았듯이 19세기 가장 활발한 창작 활동을 한 소설가이고, 사회소설, 그리고 전원소설이라 불리는 소설 속의 조그만 장르의 창시자로 알려진 그녀가 작가로서의 역량, 당시 시대 상황으로서는 놀랄 만큼 진보된 작가 의식 등 그녀의 전체적인 작품 세계는 부차적인 문제로 등한시되고 흥미로운 여걸로만 사람들의 입에 오르내리는 것은 무슨 이유일까?

작가로서의 올바른 평가 이전에 그녀의 사생활에만 관심을 갖고 상드의 이야기를 풀어 나갔던 것은 우리를 오랫동안 지배했던 남성중심 세계관의 결과이다. 여성 작가나 혹은 소설에서 여성의 이미지를 연구하는 사람들이 갖는 주된 불평은 여성이 오로지 남성과의 관계 속에서만 고려되는 경향이 있다는 것이다.[9] 오랜 역사 동안 여성들은 남성 중심의 사회에서 억압되고 예속적인 삶을 살아왔다. 여성들 스스로 이것을 극복하려는 조그만 움직임이 일어나는 시기인 프랑스 19세기,[10] 당시 소설사에서 조르즈 상드의 위치는 확고하다. 인간 사회의 너그러움, 없는 자와 있는 자의 융합을 평등과 박애를 통해 실현할 수 있으리라 믿었던 그녀, 추악한 것을 지적하고 그것을 그려내는 데만 사로잡힌 당시 소설 경향에 대한 역습을 시도했던 그녀의 이상주의 문학관[11]은 사랑과 믿음이 게마른 우리의 가슴속에 꿈과 희망과 높은 이상을 향한 다정스런 마음을 가져다 준다. 또한 여성 문제에 관해서도, 여성들은 남자의 노예 상태로 있어서는 안 된다고 주장하며, 상드는 여성들이 자신의 권리들에 대해 이야기하고 여성들 자신의 일들에 관해 방향을 스스로 결정할 수 있도록 모든 모임의 참가가 허용되어야 한다고 말한다. 여성들이 남자에게 기대지 않아도 될 만큼, 노동에 대한 적절한 대가가 임금으로 주어져야 한다고 상드는 주장한다. 이런 상드의 문학관은 성장기에 그녀가 받았던 여성들(할머니, 어머니)로부터의 교육과 피에르 르루와의 만남에서 시작한다. 이 글에서는 그녀가 다양하게 펼쳤던 여러 주제 중 우리의 관심을 가장 많이 끄는 여성의 가정 안에서 역할과 사회에서의 여성 위치에 대해 살펴보고자 한다.

2-1) 성장기

이 글의 주제가 되는 조르즈 상드 소설에서의 여성은 이기적인 남성을 교화하거나 아이들의 훌륭한 교육자로서의 역할을 담당한다. 이런 여성의 역할이 소설 이곳 저곳에서 나타나는 것은 그녀의 집안

내력과 어린 시절이 시사하는 바가 크다.

상드의 아버지 쪽 혈통을 보면, 수많은 백작(comte), 독일 귀족(landgrave), 공작(duc)의 칭호를 가진 이들과, 오귀스트 Ⅱ(Auguste Ⅱ)라 불려진 폴란드의 왕, 프레데릭-오귀스트(Frédéric-Auguste)를 포함한 유럽의 귀족들을 우리는 찾을 수 있다.

반면에 어머니는 가난한 새장수의 딸로, 모계는 작은 카페 주인(un teneur d'estaminet), 새장수(un maître oiseleur), 고철 상인(ferrailleur), 짐수레꾼(roulier) 등 서민층이 대부분이었다.

크게 상반된 두 축의 혈통을 간직한 그녀는 부계의 선조들에 대한 자부심과 모계의 내력을 전혀 숨기지 않는 당당함으로 민중(le peuple)과 귀족(l'aristocratie)이라는 계급에 어색함 없이 접근할 수 있었다.

특히 상드의 친할머니인 뒤펭(Madame Dupin)은 옛날 자기 남편의 친구였던 장 작크 루소(Jean-Jacques Rousseau)의 사상에 심취된 18세기 저명한 여성 철학자였다. 할머니는 손녀인 상드에게 중풍에 걸린 손으로 악기를 연주하면서 음악을 가르쳤고, 손녀는 시골 촌아이들과 자연스럽게 어울려 놀았다. 인자한 할머니는 어린 손녀가 사내아이의 복장을 하고 말을 타며 벌판을 달리는 것을 허락하였다. 또한 손녀가 불쌍하고 병든 농부들을 치료할 수 있도록 의술을 가르쳤다.

제대로 교육을 받지 못한 하층 계급의 어머니와 학식 있는 귀족 출신인 할머니에 의해 성장한 상드는 그녀가 사랑할 수 있는 모든 계층에 진지할 수 있었다.

14살에 파리에 있는 담 오귀스틴(Dames Augustines) 수도원 기숙사에 학생으로 들어가, 17살에 이미 그녀의 할머니가 한없이 매료되었던 장 작크 루소의 열렬한 신봉자가 된다. 루소가 놀랄 만한 대담

성을 가지고, 인간은 나면서부터 선하다고 하는 확신의 고백을 접하게 된 상드로서는 어려서 받은 할머니와 어머니의 교육과 함께 루소의 사상이 그녀의 어린 시절 성격을 결정짓는 중요한 요소가 된다.

조르즈 상드가 31살을 맞이한 1835년은 뒤드방(Casimir Dudevant)과의 실망스런 결혼 생활, 상도(Jules Sandeau)와의 보잘 것 없는 인연, 뮈세(Musset)와 나눈 우여곡절 많은 사랑 등으로 인해, 그녀는 자신의 생에 대해 수많은 환멸을 느낀 시기였다. 삶에 있어 그의 고초와 실패에 대한 확인들은 남녀 평등과 여성에 대한 사회의 인습에 반기를 든 초기의 그녀 작품들 『엥디아나(*Indiana*, 1832)』, 『발랑틴(*Valentine*, 1832)』, 특히 『렐리아(*Lélia*, 1833)』에서 깊은 절망으로 두드러지게 나타난다.

이런 절망의 시기에 피에르 르루와의 숙명적인 만남은 그녀에게 미래에 대한 희망과 신념을 다시 얻게 하고 억눌린 자들에 대한 깊은 애정, 긍정적인 마음으로 감싸는 사회에 대한 따스함을 일깨워 준다.

조르즈 상드는 더 이상 절망과 고통에 대한 보상으로 암울한 문학을 택하지는 않는다.

> "우리는 죽음과는 해결할 문제가 없다. 오직 삶과 해결할 문제만이 있을 뿐이다. 우리는 이제 무덤의 허무도 믿지 않으며, 강제적인 극기로 얻은 구원도 믿지 않는다. 우리는 삶이 풍요롭기를 바라기에 그 삶이 즐겁기를 원한다."[12]

죽음(mort)이 암울한 문학이었다면, 삶(vie)은 작가가 문학에 대한 깊은 열정으로 다시 시작하는 풍요로움이다. 마찬가지로, 상드 소설의 여성들은 인성(Humanité)에 기본을 두고, 기존의 억압받고 고통받는 여성에서 새로운 세계를 준비시키는 어머니, 교육자로서 숭고한 자리를 부여받게 되었다. 여성들은 무지에서 벗어나 그들이 갖는 고유한 덕목인 너그러움, 헌신의 정신으로 대변되는 사회의 한 일원이 되는 것이다.

2-2) 가정 안에서의 여성

어머니

일련의 상드 소설에서는 종종 아버지의 존재가 부재해 있거나, 아버지의 역할은 미미하다. 어머니가 아이들의 교육을 담당하며 작가는 어머니의 역할에 가치를 부여한다. 상드 소설의 여성들은 그들에게 부여된 임무 즉, 내일의 주인이 될 어린이들, 공화주의자(républicaines)의 자질을 갖고 태어난 아이들의 기본적인 속성을 고양시키는 데 있다. 왜냐하면 작가가 성인으로서의 그들의 삶과, 선량한 시민으로서의 싹을 준비하는 가족 구성원인 아이들의 중요성을 강조하기 때문이다.

상드는 그의 독자—특히 여성독자—들에게 여주인공을 통해 어머니로서의 의무를 부여한다. 아이들에게 인내심, 절제심을 가르쳐야 하고 그 방법으로 상드가 독자들에게 강조하는 것은 아이들을 사랑하고 존중해야 한다는 것이다.

바르게 성장할 수 있는 아이들의 근본적인 요소로 작가가 강조하는 것은 정상적이고 다감한 남녀간의 올바른 관계에 의한 출생인데, 이것은 남녀 상호간의 아이들에 대한 동등한 책임을 묻는 것이다.

남녀간의 잘못된, 혹은 일그러진 관계에서 태어난 아이들은 그들을 담당하는 어른들의 책임이 기본적으로 결여되었기 때문에 불행한 결과의 부산물에 불과하다.

『쟉(*Jacques*, 1834)』에서 페르낭드(Fernande)가 임신한 쌍둥이는

곧 쇠약해진다. 왜냐하면, 그녀가 실제 사랑한 이는 자기의 남편 쟉(Jacques)이 아니라 옥타브(Octave)였기 때문이다. 얼마 후 남편 쟉이 자살하고 페르낭드와 옥타브의 진실된 사랑이 열매를 맺어 갖게된 아이는 진정한 가족 구성원의 일원으로 성장한다.

『앙드레(*André*, 1835)』에서도, 가난한 집안의 딸이지만 고결한 성품을 가진 즈느비에브(Geneviève)도 성격이 매우 불안정한 남편 앙드레(André)와의 잘못된 결혼 생활로 아이를 잃게 되고 그녀도 곧 죽게 된다. 상드에게는 남녀간의 사랑이 없는 가운데 탄생한 아이는 제대로 성장할 수 없다. 남녀의 사랑과 훌륭한 조화만이 아이가 바르게 성장할 수 있는 유일한 조건이다.

이런 작가의 의도는 『꽁슈엘로(*Consuelo*, 1842~1843)』에서 확연히 나타나는데 알베르(Albert)의 어머니인 완다(Wanda)는 남편에 대한 사랑의 부재가 다섯 자녀의 죽음을 초래했고, 오직 혼자 살아난 알베르마저 정신적인 결함을 갖게 되었다고 생각한다.

"그러한 결합으로 태어난 아이들에겐 화가 있으리라! 그들은 절대로 인간미를 갖지 못한다. 왜냐하면 그들은 남녀 사이의 절대적 열망과, 서로의 열정적인 희망에 의해 수태되지 않았기 때문이다. 이런 남녀간의 호혜성이 존재하지 않는 곳에는 평등이 있을 수 없다. 평등이 사라진 그곳에는 실제적인 결합이 있을 수 없다."[13]

알베르와 결혼한 꽁슈엘로는 완다의 메시지를 이해하고 알베르를 위해 모정을 갖고 헌신적인 사랑을 준다. 이런 사랑의 결과로 태어난 아이들은 건강하고 좋은 덕성을 두루 갖춘다. 왜냐하면, 어머니(sentiment)의 고결한 정신이 아이(sensation)와 아버지(connaissance)를 조화시킬 수 있는 열쇠이기 때문이다. 이러한 조화는 사랑을 지닌 남녀간의 결혼만이 가능케 하고 여성을 가정 안에서 어머니로서의 정당한 위치에 놓는다.

"바로 부부는 평등에 의해 맺어졌기 때문에, 왜냐하면 바로 사랑은 평등이기 때문에."14)

교육자

"이 세상에서 위대한 일 치고 정열 없이 성취된 것은 없다."

헤겔(Hegel)의 이 말에서 정열이란 교육을 받는 대상인 아이들이 갖는 끝없는 호기심이고 전체적인 정신 활동에서 아이들 개인에게 부여된 정신의 부분을 뜻하는 것이다.

조르즈 상드의 소설에서 여성들은 천부적인 교육자로서 풍부한 정신 세계를, 성장하고 있는 아이들의 그때 그때의 혼의 발전 단계에 알맞은 형태로 만드는 일에 끊임없이 마음을 쓰고 있다.

어머니가 아이에게 사랑을 겉으로 나타내지 않고 자연스런 애정으로 돌보는 것과 마찬가지로 상드의 소설에서 교육은 조용하고 자연스럽게 행해진다.

아이들이 특권을 갖은 계층으로 자리잡은 상드의 작품 세계에서 여성들의 의무라는 것은 아이들에게 숭고한 정신적, 도덕적 능력의 형성을 도와주는 것이다. 상드는 아이들에게 도덕적으로 가치있는 정신을 불어넣기 위해 아이들의 모든 종류의 활동에 의미를 부여한다. 이런 아이들의 활동(산책, 음악, 여러 가지 주제에 관한 독서 혹은 대화)은 상드의 소설에서 다양하게 나타난다.

『말그레 뚜(*Malgrè tout*, 1870)』에서 자기 여조카를 어머니로서 (maternellement) 돌보는 사라 오웬(Sarah Owen)은 아이와 교감을 잘 통할 수 있는 매개체로 아이와의 산책을 중히 여기며 다음과 같이 진술한다.

    (산책을 하면서) "그녀는 그녀가 관심있는 모든 것을 나에게 질문했다. 그녀는 나의 대답을 듣고 바로 기억을 했다. 그녀는 이미 많은 새, 나비, 꽃들의 이름을 알았다. 그녀와 놀아 주그, 그녀를 가르치는 것은 즐거운 일이었다."[15]

음악의 중요성 역시 남다르다. 『이지도라(*Isidora*, 1846)』에서 우리는 읽을 수 있다.

    "……그녀가 기억했고, 그녀의 차례가 되어 아주 정확한 기억으로 부르는 노래들."[16]

가치있는 정신의 형성이 타인의 도움과 지도를 필요로 하는 어린 시절에는 독서와 대화는 매우 중요한 지적 활동이다. 이지도라가 그의 양녀 아가트(Agathe)에 관해 이야기하며,

    "내가 이해했기 때문에, 우리는 아주 잘 알고 있는 걸작들을 함께 읽는다……."[17]

라고 적는다.

상드 소설에서 교육의 주제는 끊임없는 진보 속에서 아이들의 믿음을 후원하는 것이다. 교육에서 우리는 모두에게 필요한 치유책을 찾을 수 있고, 그러기 위해 상드는 공교육의 필요성을 강조한다.[18] 또 소설가는 그의 작품 어디에서나 어른들이 어린 소녀들에게 남긴

무지에 관한 불만을 토로한다.

> "우리가 받은 교육들은 아주 비참하다. 우리에게 기초만을 주지, 깊이
> 연구할 어떤 것도 허용하지 않는다."[19]

상드의 교육관은 공적인 차원에서 모든 사람이 똑같이 무상으로
교육받을 수 있어야 하며 신체 교육과 정신 교육이 병행 실시되고 궁
극적으로 교육은 실제적이며 진정한 평등을 위해 실행되어져야 한다
는 주장이다. 그러나 당시 시대 상황은 상드의 교육관이 펼쳐지기는
현실적으로 어려웠기 때문에 소설에서는 아이들에게 특별한 배려를
지닌 어머니들이 가정에서 교육을 담당한다. 아이들을 자유롭고 의
식을 지닌 인격체로 성장시키기 위해, 부드러움과 강함을 두루 갖춘
여성들은 소설 속에서 아이들에게 희생적인 존재로 그려진다.[20]

> "비록 다섯 살 미만의 아이더라도, 어머니는 이 총명한 아이가 과학, 도
> 덕, 예술 교육을 받을 수 있도록 준비시켜야 한다."[21]

또한 상드의 소설에서 여성들의 역할 중 중요한 부분은 이기적이
고 독단에 빠진 자들의 성격을 교화하고 고치는 일이다. 교육소설
(roman didactique, Bildungsroman)이라 불리는 『모프라(*Mauprat*,
1837)』의 에드메(Edmée)가 대표적인 인물인데, 그녀는 이기주의
(égoïsme) 독재(tyrannie)의 화신인 베르나르(Bernard)를 교화시키
는 데 성공한다. 온갖 인내심을 갖고, 남녀간의 불평등을 해소시킬
뿐 아니라 가진 자와 없는 자의 사회적인 불평등까지도 해소하는 천
부적인 교육자로서의 에드메의 위치는 상드의 소설에서 확실한 것이
다.[22]

2-3) 사회 구성원으로서의 여성

여성, 아이들, 노동자의 특징은 사회를 지배하고 있는 불합리성에
의해 억압을 받았다는 점이다. 시대와 장소에 따라 억압의 형태는 변
했지만 그 본질은 지속되었다.

조르즈 상드 소설에서 여성의 문제는 사회 조직내에서 여성이 차
지하는 지위에 관계되는 것인데, 이것을 해결하기 위해 상드는 과장
스러울 정도로 높게 여성의 운명을 각인시킨다.

『검은 도시(*La Ville Noire*, 1861)』의 토니(Tonnie)는 생활의 질을
향상시키려는 인물로 설정된다. 선하고, 온화하며, 인내심 있고 공정
한 그녀는 동료들의 행복과 공동의 선을 위해 쉴틈없이 일을 한다.
애타심을 가진 진정한 인물로 묘사되는 그녀는 칼붙이 공장
(coutellerie)의 상속인으로 자기 공장의 식구들을 위해 끊임없는 희
생정신의 미덕을 보여준다.

상드의 소설에서 여성 고용주(femme-patron)들은 노동자와 함께
편견 없이 어울려 새로운 노동조합을 실현시킬 수 있는 덕을 갖춘 인
물로 묘사된다. 또한 여성 고용주들은 평등(Egalité), 박애
(Fraternité), 자유(Liberté)에 기초한 가치있는 삶의 대상이 되는 행
복한 사회를 건설한다.[23]

『앙뚜안느씨의 죄(*Le péché de Monsieur Antoine*, 1845)』에서, 부
유한 사업가의 아들인 에밀 까르도네(Emile Cardonnet)는 좋은 덕성
(Vertus)을 갖고 태어난 겸손한 여성 질베르트(Gilberte)의 영향을
받아 이상주의 사회관을 펼쳐 나간다. 오직 자신의 이익만을 생각하
는 아버지의 반대에도 불구하고 에밀과 질베르트는 조화 있는 노사
관계를 실현시키는 공장을 건설한다. 상드의 여러 작품에서 여주인

공들은 없는 계층과의 융화, 연대의식을 강조한다.

"여러분들, 서로를 사랑하세요. 이것이 최고 지선의 법입니다."[24]

조르즈 상드는 버림받은 사회 계층을 따스한 마음으로 감싸는데, 우리는 그녀 소설 속의 여러 여주인공들에게서 그것을 확인할 수 있다. : 즈느비에브(『앙드레』), 꽁슈엘로, 쟌느, 마르트(『오라스』), 나농, 질베르트 등.

이밖에도, 『프랑스 일주의 동반자(*Le Compagnon du Tour de France*, 1840)』에서 마을의 어머니로 칭송받는 강한 성격의 소유자인 살비니엔느(Salvinienne)는 마을의 대·소사를 관대한 마음으로 잘 조정해 나가며, 『메르껭 양(*Mademoiselle Merquem*, 1863)』의 세실(Cécile) 역시 마을 공동체 사람들을 위해 자기의 정성을 다한다.[25]

사회 구성체에서 예전에는 여성이 억압과 착취, 궁핍과 비참함으로 억눌린 수동적인 존재였는데, 상드 소설에서의 여성들은 개인과 사회 모두의 건강을 되찾기 위해 인간에 대한 사랑의 마음을 기본으로 책임감, 의지를 소유한 능동적인 인물로 묘사된다. 이것이 조르즈 상드가 생각한 건강한 사회이고, 이런 사회의 진보는 여성만이 소유할 수 있는 정성(sollicitude), 명민함(lucidité), 사랑(amour)에 의해 가능한 것이었다.

조르즈 상드 소설의 화두는 사랑이다. 사랑을 위해 고민했으며 사랑을 믿었고, 그것의 완벽한 완성을 위해 그녀는 모든 작품에서 사랑을 보여주었다. 또한 농촌에서의 성장기 체험을 바탕으로 공동체의 따스함과 그것에 대한 가슴설렘이 그의 작품 속에 짙게 배어 있다.

역시 남성과 여성의 사회적 관습 차이를 대비시키면서 여성을 억누르는 인습으로부터 벗어나 역동적 삶을 추구하는 이들의 모습을 상드는 이야기했다.

그러나 사회의 진보에 대한 상드의 인식과 그것에 대한 낙관의 한계가 있음은 물론이고 어떤 경우는 그녀의 순진함까지 우리는 엿볼 수 있다. 인간에 대한 과장된 믿음, 인간을 미화시키는 그녀 특유의 소설 작법 등은 소설 여러 곳에서 나타난다.

이런 문제는 100여 년 전에 쓰여졌다는 시대적 한계를 이해하고, 현실이 끝없는 고통이었던 당시의 사람들에게 큰 희망을 주었다는 생각을 하면 우리는 넉넉함으로 그의 문학관을 이해할 수 있을 것이다.

"L'art n'est pas une étude de la réalité positive ; c'est une recherche de la vérité idéale."

"예술은 긍정적인 현실을 탐구하는 것이 아니고 이상적인 진리를 추구하는 것이다."[26]

3. 조르즈 상드의 유럽정신

2000년을 한해 앞둔 1999년 초, 유럽사회에서의 화두는 단일통화 출범 등 단연 유럽통합이었다. 이제 유럽인들은 자신의 국적을 자연스럽게 '유러피언'이라고 내세우는 이들이 늘고, 유럽인들에게 더 이상 국경과 국적은 의미 없는 '거추장스런 옷'에 불과하다.[27]

20세기 전반 1·2차 세계대전을 치르면서 유럽은 통합의 길을 모색하게 된다. 전후 혼란에 빠진 정치, 피폐된 경제 등으로 세계의 중심에서 밀려난 유럽은 평화와 성장이라는 목표를 갖고 유럽통합을 추진한다. 특히 양차 세계대전을 치르는 동안 전쟁의 중심에서 항상 호된 상처를 입은 프랑스는 유럽통합 출발의 주축이 되어 여러 기구의 탄생에 주도적 역할을 한다.

'유럽을 분리시키는 장벽을 제거함으로써 경제 및 사회적 진보'를 추구하도록 규정하고 '완전한 공동시장의 실현'을 목표로 명기한 1957년 로마조약은 유럽통합 작업의 수준을 한 단계 끌어올리고 유럽통합의 선언적 기초가 된다. 이런 유럽공동체의 확대는 1980년 이후 가속화되어 1993년 11월 마스트리히드 조약이 발효되면서 유럽공동체가 유럽연합으로 이름이 바뀐다.[28]

유럽경제공동체 초대 집행위원장인 월터 홀스타인(Walter Hallsteine)이 "유럽통합은 창조했다기보다는 다시 찾은 것이다. (Europe is no creation, it is rediscovery)"라고 유럽통합의 당위성을 설명한 것처럼 유럽통합의 이론은 오래 전부터 문헌에 나타났다.[29]

여기서 우리는 프랑스 대혁명과 나폴레옹 전쟁 이후 유럽의 구질서를 뒤흔들었던 19세기 전반에, 프랑스 문학에서 가장 유럽정신에 충실했던 작가, 조르즈 상드는 그녀의 소설 『꽁슈엘로』에서 어떻게 유럽통합의 이념을 구체화시켰는지를 살펴보고자 한다.

이미 앞서 살펴보았듯이 조르즈 상드는 자신의 철학과 사상에 깊이를 더하기 위해 피에르 르루와의 교류를 원했다. 이 두 사람의 만남은 상드에게 유럽인은 하나라는 유럽통합정신을 그의 소설에서 구체화시킬 수 있는 동기를 마련해 주었다. 유럽통합의 이론적 방법론을 제시한 피에르 르루의 1827년 「유럽통합」이라는 기사에 심취한 상드는 소설을 통해 유럽 전역에 유럽통합 정신을 전파하는 계기가 된다.

3-1) 『꽁슈엘로』와 유럽정신

1842년 2월부터 1844년 10월까지 『르뷔 엥데팡당트』에 연재된 『꽁슈엘로』를 1854년 출판사 에쩨르에서 3권의 단행본으로 출간할 때 조르즈 상드는 새롭게 서문을 다시 적는다. 이 서문에서 그녀는 전체적인 주조를 이루는 유럽통합의 열망을 힘주어 강조한다.

"이 장편소설 『꽁슈엘로』, 이어지는 『루돌스타 백작부인』과 『르뷔 엥데팡당트』 창간호에 발표한 『쟝지스카』 등은 유럽인의 공통된 역사적 풍습, 도덕을 요약하는 중요한 작품이다."[30]

상드의 관점에서는 소설의 무대가 되는 18세기를 그녀가 살고 있는 19세기와 유럽인의 정서를 동일하게 본다. 소설 속에 등장하는 인물 등은 이미 전쟁과 정복이라는 낡은 질서에 대항하며 혁명을 준비하고 알리는 주체가 된다. 대혁명이 가져다 준 자유, 평등, 박애는 그녀가 꿈꾸는 유럽통합의 신성한 행동강령이고 그녀가 그린 인물들이 갖고 있는 신념이다. 그녀는 소설 속에서 유럽화된 인물을 만들어 내는 것이 아니라 찾아내는 것이다.

"내가 발명한 세상이 아닌 이미 존재한 세계를 독자들은 보게 될 것이다."[31]

기독교를 계승하는 유럽은 국경으로 분리될 수 없는, 베니스로부터 저 멀리 프라하까지 펼쳐지는 공동문화를 가진 집합체인 것이다. 상드는 유럽문화 속에서 종교적 요인을 강조하는데 기존의 기독교가 독단적인 교리에 빠졌었기 때문에 기존의 기독교에 철저히 비판을 가하며 모든 종교를 포용할 수 있는 새로운 기독교를 주창한다. 인성 종교로 규정할 수 있는 이것은 이성의 측면만을 너무 강조한 계몽주의 철학에 인성 추구를 위한 또 다른 중요한 몫인 인간의 감정을 종교와 관련 맺어 결합을 시도한다.

3-2) 유럽인

스페인의 가난한 고아 출신인 꽁슈엘로는 당시 대 작곡가이고 명지휘자인 포르포라(Porpora)[32]의 수제자이고 천부의 매력적인 목소리를 가진 여류 성악가 지망생이다. 이태리 베니스에서 첫 무대를 성공적으로 마친 그녀는 약혼자인 앙조레토의 부정한 행위 때문에 베니스를 떠나 보헤미아 지방에 자리를 잡는다. 이곳에서 루돌스타가의 저택에 기거하며 노래와 음악을 가르친다. 여기서 정신적인 결함은 가진 알베르 백작과 운명적인 만남을 갖게되고 이 만남이 있은 후 꽁슈엘로는 비인에 여행중 하이든(Haydn)[33]과 스승인 포르포라와 조우하게 된다. 비인에 머무는 동안 마리 테레즈(Marie-Thérèse)[34]와 좋지 않은 관계 때문에 꽁슈엘로와 포르포라는 그들이 참여할 오페라를 위하여 베를린으로 떠나게 된다. 이때 프라하에서는 꽁슈엘로가 비밀리에 결혼을 했던 알베르 백작이 죽었다는 슬픈 소식을 전한다.

이상 간추린 『꽁슈엘로』의 줄거리를 엿보면 많은 역사적 실제 인물(마리 테레즈, 포르포라, 하이든, 프레데릭 Ⅱ(Frédéric Ⅱ),[35] 카글리오스트로(Cagliostro)[36]……)과 가공적인 인물(꽁슈엘로, 알베르 백작, 앙조레토, 완다)을 만날 수 있다. 여기서 또한 꽁슈엘로는 상드의 절친한 친구, 성악가인 폴린 비아르도(Pauline Viardot)[37]의 소설 속 인물이고 알베르는 피에르 르루의 사상을 소설 속에서 전파하는 대변인이다.

『꽁슈엘로』 안에서는 이렇듯 국적을 초월한 많은 인물들이 서로 섞여서 부드럽고 따뜻한 마음으로 모두 '유럽인'이라 하는 동질의식을 갖는다.

"그들은 (유럽인) 떠오르는 태양 아래서 마지막 찬가를 노래했고, 새로운 세계를 위해 그들이 꿈꾸고 준비한 새로운 상징을 마련했다."[38]

물론 인성을 바탕으로 하는 유럽통합에 걸림돌이 되는 낡은 생각을 가진 이들의 저항도 여전히 굳세게 존재하지만, 상드는 선·악의 이분법에만 얽매이지 않고 유럽인이 살고 있는 시대가 어디인가를 모두에게 이해시키려 노력하고 인성의 승리를 확신한다.

"나는 이 시대의 인성과 관련을 맺은 인간이다. 나는 유럽을 보았고, 그리고 유럽 속에 내재해 있는 으르렁거리는 분노를 안다. ……친구들아, 우리의 꿈은 환상이 아니다."[39]

3-3) 국경이 없는 유럽

앞서 소설의 줄거리와 인용문에서 살펴보았듯이 꽁슈엘로의 생활 반경은 어느 한 도시에만 국한된 것이 아니라 스페인에서 출생해 이탈리아부터 저 동구 유럽 끝까지 광범위하다. 그녀는 언어, 문화 차이, 이념을 뛰어넘어 유럽은 하나라는 동류 의식의 화신이다.

성악가 폴린 비아르도를 주제로 쓴 1부의 음악편 이후, 특히 소설의 2부와 3부에서는 보헤미아 지방이 프러시아에 의해 지배를 받고 있던 시기의 참혹한 역사를 기록한다. 보헤미아 지방의 지형을 상세

히 설명하고 유럽의 다른 지방이나 도시를 이야기할 때, 우리는 그녀
의 유럽정신과 유럽 전체를 하나로 아우르는 상드의 넉넉함을 느낄
수 있다.

3-4) 유럽을 뛰어넘는 정신

당시 프랑스 소설 중 『꽁슈엘로』에서만 그려진 영혼 불멸의 사상
에 우리는 관심을 갖는다. 상드는 『꽁슈엘로』 집필 중 그녀에게 값진
체험이었던 영혼불멸사상에 대한 믿음을 확신하며, 역사적 인물들을
전생(transmigration des âmes)이라는 동양적인 윤회설을 바탕으로
새로운 인물로 소설 속에 다시 등장시킨다.

3-5) 시대정신

『꽁슈엘로』에서 조르즈 상드가 관심을 가지는 것은 개인의 일상사
를 넘는 시대정신의 표현이다. 시대정신은 유럽의 문화사를 이해해
야만 파악되기 때문에, 상드는 『꽁슈엘로』에서 유럽정신의 가입과
관련된 긴 탐험을 시작한다. 앞서 보았듯이 종교로부터 유럽정신의
답을 얻으려 한 상드는 진정한 평등을 위한 종교적 사건을 찾기 위
해, 그 시기를 루터와 칼뱅의 종교개혁에 두지 않고 15세기의 장 위
스의 종교개혁에 초점을 둔다.

상드는 당시 만연해 있던 맹목적 사회주의자, 신을 믿지 않는 자유
주의자들에 반대하여 종교를 통해 유럽정신의 통합을 이루려 한다.
그러나 이전 기독교가 시대를 개선하고 유럽정신의 통합에 기여하기
에는 너무나 독선과 경직으로 얼룩져 있었다. 유럽정신이 국가를 대
신해 민주적이고 인도적인 기대를 북돋워 주고, 유럽인의 주권과 평

등을 찾기 위해서는 새로운 종교가 필요하다. 이 새로운 종교 혹은 정신이 담당할 역할은 지역간의 분쟁을 지양하고 평화를 보장해 주는 것이다. 그래서 상드가 『꽁슈엘로』에서 주는 답은 인성의 종교인 것이다.

『꽁슈엘로』의 화두는 유럽인이다. 유럽을 사랑한 상드는 유럽정신의 완벽한 완성을 위해, 작품에서 유럽인의 사랑, 모험, 역사, 음악 등을 거침없이 그려나간다. 그녀의 소설적 작업은 시대를 초월한 모든 삶의 영역을 포괄하고자 하는 의욕을 담고 있다.

그녀가 『꽁슈엘로』를 쓴 지 한 세기 반이 지난 오늘 유럽에서는 통합의 꿈이 현실화되고 있다. 지금 우리는 유럽의 문학을 이해하기 위해 꼭 다루어야 할 주제 중의 하나가 유럽통합이다.

이것은 유럽인의 정치적, 사회적, 경제적, 문화적 삶을 뒤바꿀 것이다. 150년 전 상드가 주창한 유럽정신은 앞으로 통합유럽과 더불어 유럽문학에서 어떻게 자리매김되어질 것인가?

　우리는 한 초기 사회주의 철학가의 사상과 이론이 문학 작품에 어떻게 투영되었나를 알아보았다. 철학자와 그의 사상을 신봉한 한 소설가의 만남은 어떤 형태로 자리매김되어지겠는가? 연구하는 방법에 따라 소설을 우선으로 하여 문자화된 작품의 분석을 통해 소설 속에 나타난 사상, 철학을 내보이는 것이 우리가 쉽게 접해 오던 비평의 예라 한다면, 여기서는 우선 한 철학자의 생애와 그의 주된 사상을 조명해 보고 그가 펼친 생각 중에서 소설이 빌려간 이론을 찾아내는 방법을 택했다. 소설의 토양이 한 사상가의 철학적, 종교적, 사회적, 정치적인 글이었다면 사상가의 문학 행위[1]에 중점을 두는 것은 당연한 일일 것이다.

　그러면 당대의 중요한 사상가로서 그의 영향력은 어디서나 찾을 수 있으나. 오랫동안 그의 사상이 공상적이라는 이름으로 왜곡 · 폄하되고, 또한 우리에게 그의 이름이 잊혀진 까닭은 무엇일까? 그러나 피에르 르루의 사상은 절대 공상적이고 비현실적인 것이 아니다. 이미 서술했듯이, 그는 그의 이상을 실현시키기 위해 실제로 80여 명의 여러 직업을 가진 이들이 더불어 사는 공동체(Communauté)를 건설한다. 1843년 『르뷔 엥데팡당트』를 떠난 후, 그는 그가 이미 1817년에 발명한 주조술과 인쇄술의 새로운 기계 장치의 특허권을 따낸다. 그해 12월 상드의 경제적 도움을 받은 르루는 엥드르(Indre) 지방, 부삭(Boussac)에 그의 인쇄소를 설립한다.

질 좋은 서적을 많은 대중들에게 무상으로[2] 지급하기 위하여 1845년에 지역신문인 『엥드르의 척후병(*L'Eclaireur de l'ndre*)』[3]을 간행하고, 1845년 10월에 『무산계급 문제의 평화적 해결책(*Solution pacifique du problème du prolétariat*)』이란 부제를 가진 잡지 『르뷔 소시알』을 창간한다. 이 잡지에서, 르루는 평화적인 방법으로 무산계급의 문제를 해결할 수 있는 그런 사회를 원한다. 그는 '평화적 혁명주의자(révolutionnaire pacifique)', '인도적 사회주의자(socialiste humanitaire)'로서 그의 사상을 이곳 부삭에서 실현한다. 이 잡지(『르뷔 소시알』)와 이 공동체(부삭)는 사회주의 사상을 이해하기 위해 매우 중요하다. 1848년 2월 혁명 후, 피에르 르루와 부삭 공동체의 동료들은 '노동자 단체 연맹(l'Union des Associations ouvrières)'을 결성하는데 이것이 바로 진정한 사회주의인 것이다.

르루가 오래 전부터 가슴에 품고, 머리에 그렸던 노동자(ouvrier), 농민(agriculteur), 지식인(intellectuel)들이 융합되는 하나의 사회를 구체화시킨 곳이 바로 이 부삭 공동체이다. 마찬가지로 '전제적 사회주의(socialismes absolues)'와 막스의 공산주의(communisme)와 구별되는 부삭 공동체의 본질적인 사상인, 자발적인 참여(participation spontanée)와 폭력의 거부(rejet de violence)에 우리는 주목해야 한다. 이런 그의 구체적 행위는 '유토피아'라는 용어만으로 굴절시킬 수 없는 실천적인 행동이다.

오랜 기간 동안 막스주의(Marxisme)가 사회주의 이론을 주도해 나가며 르루의 사상은 축소되거나 변질되어졌다. 최근 동구 유럽 사회의 붕괴 이후 르루의 사상은 유럽 통합론과 맞물려 빛을 발하기 시작한다.

1970년 이래 그에 대한 활발한 연구는 서론에서 서술했듯이 '유일 불가분의 유럽(L'Europe une et indivisible)'이란 주제를 갖고, 1990년 르루의 사상에 관한 국제 학술회의를 가졌다. 12개국에서 모인 30여 명의 르루 연구가들은 르루의 사상이 문학적, 정치적, 사회적, 종교적으로 프랑스와 전 유럽에 끼친 폭넓은 영향을 확인했다.

주해

제1장 서론

1) P. Bénichou, *Le temps des prophètes*, Gallimard, 1977, pp.330~358.

2) 엥겔스(Engels)가 초기 사회주의를 '유트피아 사회주의'라고 이름지었는데, 이것이 일본에서 공상적 사회주의로 번역되어 한국에서도 마찬가지로 부당하게 과소평가를 받고 있다. 그러나 사회주의는 근대 유럽의 유토피아 사상이며 초기 사회주의나 이후 막스주의도 똑같이 그 범주에 넣어야 된다그 생각한다.

3) *Le Nouvel Observateur*, 1983년 8월 19일 Michel Le Bris의 글. 사회주의라는 용어는 르루가 1834년 생시몽주의자들을 비판하기 위해 쓴 글 *De l'individualisme et du socialisme*에서 유래한다. 여러 역사학 개론서에서 역사학자들은 이 사실을 증명한다. 1848년 2월 혁명 직전에 주역을 연출할 인물들이 준비하고 꿈꾸어 온 혁명은 단순한 정치 혁명이 아니었고 그들이 생각한 "혁명

은 사회혁명이 되어야 했다. 그리고 1834년 피에르 르루에 의해
서 처음 사용된 이래 사회주의라는 말이 일상어로 통용되었다."
G. Duby, *histoire de la civilisation française*, A. Colin, 1984,
p.205.

4) "나는 독자들에게 과학과 인간 활동의 여러 분야를 통해 발견할
수 있는 모든 것을 알릴 그런 잡지의 창간을 생각하고 있었다 :
그리고 이 잡지는 세계주의의 성격을 갖기 때문에 나는 그 잡지명
을 머릿속에서 *Le Globe*라 이름지었다." P. Leroux, *Revue in-
dépendante, "D´une nouvelle typographie"*, 1843, p.274.

5) "80여 명이 넘는 구성원이 집단으로 모여 살며, 그들은 똑같은 급
료와 혜택을 받았다. '무산계급의 문제'를 해결하기 위해 노동자,
농민, 지식인이 함께 하는 공동체 형식의 인쇄소를 세웠다." Voir,
Dictionnaire Biographique du Mouvement ouvrier Français,
Maîtron, p.502.

6) 본인도 이 학술회에 참가해 *Humanité et nations étrangères*라
는 제목으로 주제발표를 통해, Leroux의 논문 중 유교와 불교에
서 그가 흥미를 갖은 환생(réincarnation)사상에 관해 알아보았다.

7) 1990년 8월 22일, 23일 그리고 24일 사흘에 걸쳐 프랑스 Aix-
en-Provence에서 피에르 르루에 관한 국제 학술 심포지엄이 열
렸을 때, 다음과 같은 여러 학술협회가 참가했다. : La commission
des communautés européennes, les Amis de G. Sand, de G.
Clemenceau et de Charles Péguy 등.
이 학술회의에서는 피에르 르루의 사상과 철학에 대한 진지한 토
의가 있었다. 다음 네 명의 르루 전문가가 회의를 주도했다 : D.
A. Griffiths(Canada), S. Vierne(Grenoble), O. A. Haac(New
York), M. Agulhon(Collège de France) et J. Viard(Aix-en-Pce.).

8) 1923년부터, 에반스는 이미 그의 첫 논문에서 피에르 르루를 거
명했다 : *Les problèmes d'actualité au théâtre à l'époque
romantique*(1827~1850). 그후, 1929년에 그는 르루에 관한 직
접적인 연구를 준비하고 있다고 다음 글에서 밝혔다. *Pierre
Leroux and his philosophy in relation to literature.* 이어 1938년에
르루의 본격적인 연구서인 다음 저서를 간행했다. *Une
supercherie littéraire : le Wether français de Pierre Leroux.*

9) 피에르 르루와 쟝 레이노는 1834년부터 1341년까지 여러 사상가
와 작가의 도움을 받아 19세기 인성사에 올바른 지표로 남을 수
있는 철학, 과학, 문학, 정치 그리고 경제를 다룬 다음과 같은 긴
제목의 백과사전을 편찬했다. *Encyclopédie Nouvelle ou
Dictionnaire philosophique, scientifique, littéraire et
industriel, offrant le tableau des connaissances humaines au
dix-neuvième siècle par une société de savants et de litté-
ratures.*

10) 쟉 비아르는 르루에 대한 연구를 활발히 해준 원동력은 1977년
부터 시도된 이태리 대학의 노력이었다고 말했다. Dans *les
Amis de P. Leroux*(n°8, avril, 1991).

11) 국제 공산주의 협회의 지도자이며 막스, 엥겔스 전문가인 보리
스 수바린느는 그가 발간한 잡지에서 개인적인 의견과 함께 피
에르 르루의 글 *l'individualisme et le socialisme*을 게재했다.
또한, 우리는 쟉 비아르와 그의 친구인 모스크바 소재 막스-엥겔
스 연구소 소장인 리아자노프와의 서신에서 많은 러시아 역사학
자들이 피에르 르루에 관심을 갖고 그의 작품을 연구했다는 것
을 알 수 있다.

12) 당시 작가들의 르루에 대한 평가를 살펴보면,

Balzac(1840) : "우리 시대를 뒤흔든 심오한 사상가"

Flora Tristan(1843) : "프랑스에서 가장 민주적, 민중적인 인물"

Thoré(1845) : "무산자 계급 중에 가장 철학적인 인물이며, 철학자 중에 가장 무산자인 인물"

Michelet(1848) : "우리 시대의 가장 영향력 있는 노동자"

Baudelaire(1851) : "탁월하고 주목할 만한 작가인 피에르 르루"

V. Hugo(1853) : "가장 설득력 있는 나의 친구"

Jeanne Deroin(1858) : "종교 사회주의의 아버지"

13) 당시 유럽인들이 르루에 보낸 찬사를 인용해 보면,

Mazzini(1840) : "프랑스에서 가장 영향력 있는 인물"

Ruge(1843) : "프랑스인 중 가장 다정다감한 인물"

H. Heine(1843) : "사상가일 뿐아니라 선량한 인물"

Marx(1843) : "천재 르루"

14) Journal littéraire라는 sous-titre를 갖고 1824년 창간호를 낸 뒤 1831년 1월 18일 생-시몽주의자인 Chevalier에게 경영권이 넘어간 후 1832년 4월 20일 마지막 호로 간행이 중단되었다. P. Leroux는 1831년 이념의 차이로 생-시몽주의자와 결별한 후 이 잡지를 떠난다.

15) "*Le Globe*지는 문예지를 표방했다. 그러나 당시 문예지라는 용어는 오직 문학에만 제공되는 잡지를 의미하는 것이 아니다." J. J. Goblot, *Pierre Leroux et ses premiers écrits*, P. U. L., 1977, p.3.

16) "『글로브』지의 주위에는 많은 재능을 가진 젊은 지식인들이 모여들었다. 꾸쟁의 제자이며 절충주의 철학의 선전자인 쥬프르와,

그리고 문학 비평가 다미롱, 작가 스탕달 등이 집필자로서 이 잡
지에 참가했다." Beaumarchais, *Dictionnaire des litté-
ratures de langue française*, Bordas, 1985, p.1015.

17) 1822년 3월 10일 당국의 법령에 의해 정치적인 색채를 띤 잡지
는 엄격히 통제되고 창간이 어려워졌다. 문학뿐 아니라 정치, 철
학, 역사에 관한 기사를 많이 수록했던 *Le Globe*가 문예지라는
부제를 가진 것은 당국의 통제로부터 벗어나려는 의도였다.

18) 1833년 P. Leroux는 그의 저서 *Réfutation de l' Eclectisme*에
서 V. Cousin의 절충주의 철학에 호된 비판을 가한다.
"오늘날 철학의 부재는 절충주의라는 미명의 철학에 자리를 내
주었다." 이런 절충주의의 철학에 대한 절도 행위는 르루의 눈에
파괴적인 결과만을 초래한 것으로 보였다. 절충주의의 방법론은
철학에 있어 완벽한 방법이 아니었을 뿐만 아니라 깊이 있는 탐
구 방법도 아니었기 때문이다. l' avant-propos de la *Réfutation
de l' Eclectisme* par Lacassagne, Leroux, *Réfutation de l'
Eclectisme*, S. R. G., 1978.

19) G. Duby, *histoire de la civilisation française*, A. Colin,
1984, p.205.

20) Ibid., p.206.

21) 생-시몽주의가 산업뿐 아니라 문학에 준 영향을 인지할 때 가장
중요한 이는 Pierre Leroux다. "낭만적 사회주의의 영향은 산업
에만 국한되지 않는다. 생트 뵈브, 위고 하이네, 베를리오즈, 리
스트 등도 피에르 르루가 조르즈 상드에게 결정적 역할을 주었
던 것처럼 이 사회주의 정신에 충실했었다. 즉 생-시몽주의는 당
시 예술가들에게 큰 영향을 주었다." J. Bony, *Lire le
Romantisme*, Dunod, 1992, p.59.

22) "영국 경제정책의 개인주의는 자유라는 이름하에 인간들을 탐욕
한 이리로 만들어 사회를 공중분해시키고 (…) 사회주의는 조직
이라는 미명하에 개인의 자유와 자율성이 유린된 하나의 기계만
을 생산하는 또 다른 교황정치이다." P. Leroux, *Oeuvres, "De
l'individualisme et du socialisme"*, p.374.

23) 그의 주위에 모였던 인물들을 보면, "히브리어 연구가 사뮤엘 까
엥, 프랑스사의 저자인 에반스 크로우, 희극 작가이며 화폐 전문
가인 테오필 마리옹, 천문학자 엠마뉘엘, 화학자 고뎅, 연극 비
평가인 메네트리에, 중국학 학자인 기욤 팡티에…" 이밖에 생틸
레르 같은 생물학자, 위고, 뮈세를 포함한 일련의 작가들, 에드
가 끼네를 포함한 역사학자들, 루이 바네로 대표되는 생-시몽주
의자들, 다수의 의사들 등 여러 직업의 지식인들이 『르뷔 앙시클
로페디크』의 집필에 참여했다. D. A. Griffiths, *Jean Reynaud
Encyclopédiste de l'époque romantique d'après sa
correspondance inédite*, Marcel, 1965, pp.77~78 참조.

24) 당시 사상가들은 유럽 중심적인 세계관을 벗어나지 못했다. 그
러나 P. Leroux의 세계주의 정신은 사뭇 다르다.
"그의 세계주의는 자연스럽게 유럽 지역을 뛰어넘는데,『글로브』
지의 다른 집필진이 호기심으로 유럽 외의 세계에 접근한 데 반
해, 르루는 유럽 문명의 근원으로서 아시아나 아프리카의 문명을
이해하려 노력했다." Goblot, *Pierre Leroux et ses premiers
écrits*, pp.8~12 참조.

25) 피에르 르루와 쟝 레이노가 주간한 『앙시클로페디 누벨』에는 60
여 명이 넘는 젊은 집필진이 저자로 참여했는데, 그 중에는 이전
『르뷔 앙시클로페디크』의 편저자들인 옛 생-시몽주의자들과『글
로브』지 편집에 주축을 이루었던 공화주의자들, 마찬가지로 다

음과 같은 다양한 직업을 가진 이들을 볼 수 있다(변호사, 건축가, 지리학자, 동물학자, 조류학자, 기술자, 곤충학자, 박물학자, 물리학 교수, 의사, 동양학자, 고대 이집트 연구가, 인도 연구가 등등…).

26) 『앙시클로페디 누벨』이 지향하는 중요한 두 축은, 첫째로 인성의 올바른 발전을 위해 르루가 강조하는 종교 사상에 관한 연구인데, 여기서는 기독교뿐 아니라 현존하는 모든 종교를 포함해 신과 인간 사이에 이루어 지는 종교의 사명에 대해 설명을 했다. 다른 축은 쟝 레이노가 주도하는 모든 대륙에 관한 지리학적인 심도 있는 연구였다.

27) 감정이란 용어는 정치적인 자유에 부합되고, 감성은 박애와 동일한 개념이며, 의식은 평등에 대응하는 개념이다.

제2장 피에르 르루의 종교관

1) Augustin을 아우구스티누스로 명기한다.

2) 산상수훈(le Sermon sur la Montagne)의 내용을 불어로 옮기면, "Allez donc et faites des disciples des gens de toutes les nations, les baptisant au nom du Père et du Fils et de l'esprit saint, leur enseignant à observer toutes les choses que je vous ai commandées. Et voici que je suis avec vous tous les jours jusqu'à la conclusion du système de choses.", *Les Saints Ecritures, Matthieu* 28 : 19~20, éd. Watchtower Bible, 1987, p.1241.

3) 초기 카톨릭사를 보면 로마제국과 유럽내에서의 기독교 전파는
많은 어려움을 겪었다. 그래서 기독교 전도는 중동지방과 아프리
카 남부지방에 집중되었다. "성 바울과 다른 사도들에 의해 기독
교는 팔레스타인 지방, 시리아, 소아시아에 전도되었고, (…) 아
마도, 이집트의 알렉산드리아 교회는 성 마가에 의해 설립되었
다." J. B. Duroselle, *Histoire du Catholicisme*, éd. P. U. F.,
1949, p.10.

4) 예수의 십자가형에 이어, 많은 박해가 기독교 초기에 예루살렘을
중심으로 행해졌다. 초기 전도자 중의 한 분인 성 에티에느는 사
도 성 쟉처럼 희생되었다. 가장 처참한 박해는 250년 데스에서 일
어났다. Ibid., pp.11~12.

5) 피에르 르루는 그의 기사 *Augustin*에서 Sainte Monique(오귀스
텡의 어머니)에 대해 다음과 같이 말한다. "그녀(성 모니크)는 그의
아들의 개종에 큰 영향을 주었다. 아우구스티누스는 어머니를 위
해 항상 뜨거운 애정을 간직했고, 또한 그에게 아버지는 악의 전
형인 반면, 어머니는 덕, 부드러움, 인성을 주는 존재로 부각되었
다. 즉 아우구스티누스에게 교회는 성인(Saint)이 아니라 성녀
(Sainte)였다." P. Leroux, *Augustin(Saint)*, 『앙시클로페디 누
벨』, T. Ⅱ, p.250.

6) Ibid., p.250.

7) 페르샤의 왕손인 마니(Mani, 216~277)로부터 시작된 마니교는
근동지방에서 성행했다. 마니교의 매력적인 가르침은 널리 퍼져
나가 아우구스티누스를 포함한 당시에 지성으로 일컬어지던 사람
들에게 깊은 영향을 주었다. 당시 마니교는 가르침의 내용이 종교
적으로 중요한 가치를 가졌고, 넓은 지역에 퍼져 있었기 때문에
세계종교로 평가하기에 조금도 손색이 없었다. 그러나 마니교가

서구 유럽 사회에서 한 번도 만족할 만한 위치에 오르지 못한 것
은 기독교가 로마제국이라는 후광을 업고 호교론적인 방어를 펼
쳐, 마니교를 일개 페르샤 종교로 간주했기 때문이다. 마니교는
괴물로 묘사되고 로마제국과 적대관계에 있던 페르샤 제국의 상
징으로 표시된다. 그후 382년부터 로마제국내에서 마니교를 믿는
다는 행위는 바로 죽음을 의미한다. 반대로 동방에서는 마니교가
유구하고도 의미 있는 종교 역사를 가진다. 중앙, 동부 아시아권
까지 전파된 마니교는 위구르 왕조에서는 762년 국교로 인정되었
고, 중국에서도 외교적 보호를 받아 14세기까지 중국에서 명맥을
유지했다. Günther Lanczkowski, 『종교서 입문』, 박태식 옮김,
분도출판사, 1997, pp.64~68 참조.

8) P. Leroux, *Augustin*, p.252.

9) 아우구스티누스는 원죄의 본질이 "첫째로 우리가 아담 안에 산다
는 것이고, 우리가 아담의 범죄에 동참하여 그것에 대한 공동책임
을 지는 것이라 하고 아담과 그 후손의 연대성을 강조하였다. 둘
째는 아담이 반역한 결과로 우리의 인간성이 정신적으로나 육체
적으로나 심하게 악화되고 부패하여 전적 타락했다는 것이다."
여기에 있어 펠라즈(Pélage)는 "아우구스티누스의 원죄사상을 반
대하였다. 그에 의하면 ①사망은 원죄의 결과가 아니고 자연적인
것이다. 아담이 범죄하지 않았을지라도 그는 죽도록 창조되었다.
②아담의 죄는 아담 자신에게만 속하는 것이고 그것이 전 인류에
게 속하지 않는다. ③유아들은 출생할 때는 타락 이전의 아담의
상태에 있다. ④그리스도 이전에는 무죄한 사람들이 있었다. 펠라
즈에 의하면 죄는 자연적 필연성에 속하지 않고 개인의 자유에 속
하는 것이다. 그러므로 개인이 직접 짓는 것이 아니면 죄로 성립
되지 않는다는 것이다.", 오태환, 『신학변천사』, 경성대학교 출판

부, 1997, pp.12~13 참조.

10) P. Leroux, *Augustin*, pp.252~253.

11) "아우구스티누스는 마니교로부터 받은 종교적 감화의 영향 아래 기독교를 발전시켜 나갔다. 이런 그의 종교론은 중세 카톨릭 교회의 수도사들 생활에 규범이 되었다." Ibid., p.25.

12) 기독교가 자기 이름을 처음으로 갖기 시작했을 때, 교리의 근원에는 이교도의 것과 부합되는 것이 많은 것을 발견할 수 있다. 비록 아리아니즘이 이단으로 공격받았다 해도, 초기 기독교 교리가 체계화될 때 교리의 많은 부분을 이단으로 불리며 성격을 달리하는 기독교 초기의 여러 종교에서 빌려왔다는 것은 주지의 사실이다. P. Leroux, *Arianisme*, 『앙시클로페디 누벨』, T. Ⅰ, p.311 참조.

13) "성경은 인간에 의해 참모습이 드러난 신에 대해서 이야기를 했고, 교리는 세상의 창조자로서 예수를 이야기했다. 즉, 기독교는 유대교와 플라톤주의 그리고 이집트 다신교 사이의 공통점을 밝히면서 성경의 말씀과 교리를 동일시했다." Ibid., p.314.

14) "사벨리아니즘은 철학의 깊이가 없는 단순한 종교적 분파에 불과하고, 트리테이즘은 이교도들의 우상숭배나 다름없고, 에비옹주의의 교리는 철학과는 전혀 관련이 없는 난잡한 공상에 불과하다." Ibid., p.317.

15) P. Leroux, *Calvin*, 『앙시클로페디 누벨』, T. Ⅲ, p.161.

16) "오늘날 칼벵이라 불리는 종교적 분파는 죽었다. 그러나 왜 아직도 우리는 정치적으로 칼벵주의자를 인정하는 것인가? 그들은 우리의 위대한 혁명을 이미 지나간 낡은 실수로 치부했다. 칼벵주의자들은 혁명의 나쁜 꼬리를 자르길 원했으나 그들이 가장 나쁜 꼬리인 것이다." Ibid., p.170.

17) 칼뱅의 잘못은 그와 생각을 달리하는 다른 조직에 관해서는 양
    심의 자유를 인정하지 않은 점이라 할 수 있다. 그리고 교회와
    국가 간의 문제에서도 교회는 국가를 지도해야 하며 세계를 기
    독교화하고 사회 질서와 전체 문명 속에 기독교의 모든 윤리적
    원리를 침투시키는 일을 위해 국가를 적극 도와야 한다며 극히
    기독교적인 독단주의에 빠졌고, 또한 칼뱅은 개개의 시민이 비
    록 통치자가 폭군이고 자기 임무를 태만히 하는 경우라도 통치
    자의 지배권은 하느님에게서 온 것이기 때문에 통치자에게 충성
    을 바쳐야 한다고 가르쳤다. 이런 궤변에 아르미니우스파는 인
    간과 종교의 자유를 주장하며 종교 개혁사에 있어 중요한 열쇠
    역할을 한다. P. Leroux, *Arminianisme*, 『앙시클로페디 누벨』,
    T. Ⅱ, p.56 참조.

18) "루터를 계승한 이는 칼뱅이었다. 그러나 이로 인해 종교개혁은
    더 이상 진행되지 않았다. 칼뱅주의는 기독교의 심오한 지적인
    교리와, 오늘날 감정적인 측면을 밝혀 주는 고대의 이상주의를
    잃게 했다. 반면, 루터를 계승한 이가 아르미니우스라면 종교가
    비행할 수 있는 날개를 되찾아 주고 고대사회의 이상주의 전통
    을 다시 찾아줄 수 있었을 것이다." Ibid., p.61.

19) 이 책들은 후에 라이프니츠(Leibniz)의 유교사상에 큰 영향을 미
    쳤다. 그는 1697년 그의 저서 *Novissima sincia*에서 다음과 같
    이 밝힌다. "우리 시대의 관습들이 점점 더 심각하게 타락해 가
    는 현상을 보면서 나는 중국에서 우리 땅으로 선교사들이 좀 와
    주었으면 하는 생각을 해본다. 그래서 우리는 그곳 중국에서 번
    창한 자연 종교의 가치와 법칙들을 배워야 할 것이다. 마치 우리
    가 중국에 공개적으로 복음 선교사를 보낸 것처럼 말이다."
    철학자 크리스티안 볼프(Christian Wolff)는 1721년 할레(Halle)

대학 강의에서, 유교와 기독교의 윤리가 일맥 상통한다고 말했다가 무신론자로 고발당했다. 귄터 란츠콥스키, 『종교사 입문』, p.97 참조.

20) 유럽 중국학의 창시자로 일컬어지는 아벨 레뮈자(Abel Ré musat)는 프랑스에서 학회를 통해 처음 노자에 대한 발표를 했고, 후에 노자의 단 하나뿐인 『도덕경』이 유럽의 여러 언어로 번역되었다. 도교는 많은 호기심을 불러일으켜 도교의 사상을 모방하고 그에 호응하려는 움직임이 유럽에서 적지 않게 일어났다.

21) 18세기 볼테르, 포 등 백과사전 편찬자들이 종교나 도덕적 측면에서 공자로 대표되는 중국과 그의 철학에 매료되었다. 그러나 예수회 선교사들의 단편적인 소개에 따른 것이기 때문에 그들 연구의 깊이나 정확함에 있어 우리는 의심을 떨쳐 버릴 수가 없다. P. Leroux, *Philosophie – des rapports*…, 『르뷔 앙시클로페디크』 T. LIV, p.325 참조.

22) Ibid., p.330.

23) Ibid., p.333.

24) "지금까지 우리 사회에서 인성은 귀족에게 예속된 것이었고, 여전히 오늘날도 예수에 의해 예속된 상태이다. …그러나 인성의 진보는 개별적이면서도 차례차례로 완성되어 가고 있다. 이제는 인성의 자각을 위해 다른 문화의 연구, 종교에 대한 이해는 절대적인 것이며, 이것은 인간 정신의 진보와 맥을 같이한다." Ibid., pp.341~342.

25) 쇼펜하우어의 철학 사상은 불교사상과 일맥상통한다. 그는 고대 인도의 『우파니샤드(*Upanischad*)』에 담긴 숭고한 정신을 극찬하다. "『우프네카트(우파니샤드)』를 관통해 흐르는 『베다』의 신

성한 정신은 얼마나 순수한가! …이 책에 쓰인 고상한 가르침들
은 나의 세계 이해에 주춧돌이 되었고, 내 인생의 신뢰로 자리잡
았으며, 나의 죽음 역시 이곳에 놓여 있다." 또한 바그너도 인도
사상에 심취한 인물인데 그가 인도 사상을 담아 만든 작품인 『승
리자(*Der Sieger*)』라는 오페라는 불교적인 색채가 아주 강한 예
술작품이다. 마찬가지로 니체는 인도 사상에 대한 흠모보다는
그를 통해 새로운 가치체계를 세우려고 노력했다. 프랑스에서는
네르발을 언급할 수 있는데 그의 마음의 고향은 인도이다.

26) 인도에 관한 기사를 정리해 보면, Didrot, *Brahmanes,
Bramines, Philosophie des Indiens., Le théâtre de l' idolâ-
trie, ou la porte ouverte pour parvenir à la connaissance du
paganisme caché de Abraham Roger.*
Voyage aux Indes et à la Chine de Sonnerat.

27) P. Leroux, *Brahmanisme et Bouddhisme*, 『앙시클로페디크
누벨』, T. Ⅲ, p.55.

28) "인도의 종교를 이야기할 때 이것은 인도인에게만 국한된 것이
아닌 인류의 인성 흐름을 엿볼 수 있는 기회가 된다. 여러 종교
의 기원을 찾을 수 있는 최적의 종교로 인도 종교를 들 수 있다.
바라문교로 대표되는 인도 사상에서 삼위일체론의 근원을 찾을
수 있다." Ibid., p.56.

29) Ibid., p.56.

30) "인도는 우리에게 여러 광경을 보여준다. 가장 세련된 정신주의
의 한편에는 우상숭배와 물신숭배가 자리잡고 있고, 순수한 신
중심의 범신론이 있는가 하면 물질적인 측면이 강조되기도 한
다. 우리는 인도에서 성격이 다른 여러 종류의 종교를 발견하는
데, 그러나 서로 관련성을 맺고 있는 인도 종교에서 고대종교가

갖는 신앙, 믿음, 도덕 등을 찾을 수 있다." Ibid., p.57.

31) 이 네 종류의 구별은 고대 인도의 침략 민족인 아리아인이 제식을 지닐 때 제관의 역할에 따라 구분한 데에서 유래한다. B. C. 1500∼B. C. 1000년경에 이루어졌다.

32) Ibid., p.58.

33) Ibid., p.58. 당시 인도 연구의 최고 권위자라 일컬어지는 앙크틸(Anquetil)의 번역에서도 르루는 번역의 문제점을 찾아낸다. "인도철학과 교리를 번역한 앙크틸의 『우파니샤드』는 불행하게도 많은 번역상의 실수뿐 아니라 이해하기조차 힘들다." Ibid., p.59.
당시 드물게 사회주의 철학자 중에서 르루는 산스크리트에 대한 지식이 있었기 때문에 이런 비판이 가능했다.

34) 마누법전에서는 선과 악이, 부드러움과 거칠음이, 진실과 허위가 서로 교차하며 태어나고 다시 같은 행위가 반복됨을 엿볼 수 있는데 이것은 윤회론과 깊은 관련을 가진 사상이다. Ibid., p.66 참조.

35) "기독교와 유대교 사이의 접목과 비슷한 발전 과정이 인도의 종교에도 있었다. 비슈누이즘은 창조자의 종교인데, 비슈누는 구세주였다. 바라문교의 전지전능한 신이 창조자, 구세주로 환생한 것이었다." Ibid., p.71.

36) "불교는 오늘날 현존하는 종교 가운데 가장 많은 분파를 가지고 있다. 불교는 아시아의 대부분 지역과 인도양에서, 일본을 포함한 태평양 지역까지 폭넓게 세력을 형성하고 있다." Ibid., p.72.

37) *De l´ humanité de son principe, et de son avenir, où se trouve exposée la vraie définition de la région et où l´on explique le sens, la suite et l´ enchaînement du Mosaïsme et*

*du Christianisme*란 긴 부제를 가진 이 책은 1985년 Fayard에
서 재출간했다.

38) P. Leroux, *Christianisme*, 『앙시클로페디 누벨』, T. Ⅱ, p.555.

39) "초기의 기독교는 근동지방에서 출현해 그리이스, 로마까지 그
세력을 넓혔다. 기독교가 종교로 자리잡기 전에는 철학으로 시
작했다. 예수의 교리를 전파하는 플라톤주의자와 키케로학파 사
람들이 초기 기독교도 역할을 듣당했다." Ibid., p.556.

40) 피에르 르루는 철학과 종교의 반목을 밝히기 위해 1832년 『르뷔
앙시클로페디크』에 다음과 같이 적는다. "18세기의 철학은 우리
에게 오직 절반만의 자유를 가져다 주었다. 왜냐하면 철학은 종
교를 보는 눈이 부당하고, 모든 종교를 부정하는 맹목적인 증오
만을 가지고 있기 때문이다." *De la doctrine de Confucius*,
p.342.

41) *Christianisme*, p.557.

42) Ibid., p.556.

43) P. Leroux, *Du Christianisme*, Vrin, 1982, p.108.

44) P. Leroux, *Egalit*, 『앙시클로페디 누벨』, T. Ⅳ, p.611.

45) "정신적 양식과 관련된 평등은 모든 사람에게 고루 행해져야 했
다. 그러나 평등은 모든 이에게 다가서지 못했다. 성직자와 민중
사이에서 평등은 같지 않았기 때문에 참혹한 불평등이 존재했
다." Ibid., p.611.

46) Ibid., p.615.

47) "피에르 르루는 우리 둘(상드, 플라네)과 저녁 식사를 하러 왔었
다. 그는 온화하고 매력적인 모습이었고, 깊은 눈은 순수해 보였
다. 정감어린 웃음과 부드러운 목소리를 가진 그는 철학과 역사
를 이야기 할 때는 신념에 가득 찬 단호함 그것이었다."

Histoire de ma vie, T. Ⅱ, pp.355~356.

제3장 피에르 르루의 국제 정치관

1) 프랑스 대학의 시대 구분 전통에 따르면 근대(temps modernes)사
   회를 규정할 때 신대륙 발견(15세기 말)과 대혁명 발발 두달 전 삼
   부회 소집(18세기 말)을 시작과 끝으로 본다.
2) "그레고리, 콩도르세 그리고 몽즈, 이 위대한 세 사람의 교육자는
   프랑스 대혁명 200주년을 기념하기 위한 행사의 마지막으로 팡테
   옹 신전에 안장되었다." *Révolution française*, 『르 몽드(*Le
   Monde*)』, Déc. 1989, p.27.
3) 1989년 여론조사에서 콩도르세를 대혁명 기간 중 활동한 인물 중
   에 가장 영향력이 뛰어난 자로 자리매김하는 데 81%가 찬성을
   했다. Ibid., p.28.
4) Ibid., p.28. Thermidorien : 1874년 열월 9일(7월 27일)에 로베
   스피에르를 타도한 파.
5) 콩도르세는 18세기 철학가 중 가장 뛰어난 인물 중의 한 사람이
   었다. 볼테르, 튀르고, 디드로, 달랑베르의 친구였던 그는 이 위대
   한 사상가 중 가장 나이가 어렸다. 그는 계몽주의 철학시대의 마
   지막 철학자로 추앙받으며 달랑베르와 함께 철학뿐 아니라 수학
   의 발전에도 큰 영향을 끼쳤다. J. Reynaud, *Condorcet*, 『앙시
   클로페디 누벨』, Tome Ⅲ, p.748.
6) "콩도르세의 동료들인 백과사전 집필진과 중농주의자들(튀르고,
   볼테르 등…)은 당시 사회 현상을 주도하는 역할을 했고…, 그가 자
   주 찾았던 레스피나스의 문학살롱은 미슐레가 명명한 유럽정신의

보고였다.", Condorcet, *Esquisse d'un Tableau historique des Progrès de l'esprit humain*, dans cette introduction, présnetée par Prior, J. Vrin, Paris, 1970, p.11.

"백과전서파가 결성된 것은 주로 1753년쿠터이다. 디드로와 달랑베르를 비롯해서 몽테스키외, 콩도르세, 돌 바하, 엘베티우스, 볼테르, 루소, 그림 등 200여 명의 학자들이 참여하여 1751년부터 1780년까지 27권으로 출판해귄 책들을 가리켜 '백과사전(Encyclopédie)' 또는 '예술과 산업에 대한 이론적인 사전(Dictionnaire raisonné des arts et métiers)'이라고 부른다. (…) 백과전서파들은 학문과 이성이라는 무기를 빌려 세계를 과거의 인습으로부터 해방하고, 하나의 새롭고 보다 자유로운 행복한 시대를 만들어내겠다는 원대한 목표하에 그 시대의 모든 지식을 총망라한 체계적이고 이론적인 백과사전을 편찬해 보려 했다. (…) 18세기 프랑스 계몽주의는 과학 발달에 따른 탈신비화 운동으로 정의될 수 있지만, 다른 한편에서 그것은 정치, 사회적 변화에 따른 탈권위주의 운동이라 부를 수도 있다. 계몽은 정치, 사회적 개혁의 결과로도 이해될 수 있기 때문이다. 18세기 프랑스의 사회적 진보에 크게 기여한 이들은 중농주의자들로 알려진 일단의 경제학자들이다. 중농주의는 절대주의 경제 사상인 중상주의를 비판하며 등장한 새로운 경제사상이다. 중농주의자들은 금을 중시한 중상주의에 반대하여 토지와 농업만이 부의 근원이라고 주장함과 동시에 경제에 대한 국가의 간섭은 자연에 어긋나므로 자유방임해야 한다고 요구한다.", 이광래, 『프랑스 철학사』, 문예출판사, 1992, pp.106~147.

7) 그가 발행, 혹은 협력한 잡지를 보면, *La Chronique de Paris, La Bibliothèque de l'homme public, La Bouche de fer* 등이다.

8) "콩드르세 후작은 계몽주의와 혁명기의 브리쏘파를 연결시켜 주
   는 고리였고, 그는 지롱드파의 정신적 지주이자 공공교육의 창시
   자였다." L. Halphen et P. Sagnac, *Peuple et civilisation*, T.
   ⅩⅢ, Félix Alcan, Paris, 1930, p.42.

9) Condorcet, *L'Esquisse*…, p.12.

10) "피에르 르루와 그의 동료들이 콩도르세의 경제정책에 관심을
    가진 것에 대해 올바른 평가를 내려야 한다." J. Viard, *Les
    amis de Pierre Leroux*, n°2-3, 1986, p.25.

11) "1729년 입법의회에서 콩도르세에 의해 제시된 공교육의 원리
    에 대한 계획은 계몽주의 철학시대부터 내려오던 내용을 담고
    있다. 이것은 향후 프랑스 공교육의 기본 원리가 된다." *Peuple
    et civilisation*, p.475.

12) 자유의 원리, 평등의 원리 두 가지로 구성된 콩도르세의 공교육
    의 원리는 1792년 공립무상을 원칙으로하여 초등학교에서 대학
    에 이르는 프랑스 보통교육제도의 원리를 구체화했다. Ibid.,
    pp.475~503 참조.

13) 이 용어(반교권주의)는 제2제정(1866) 때 만들어졌다. "제2제정
    하에서 교육을 받고 과학만능주의의 색채를 띤 젊은 지식인들은
    페리로부터 클레망소까지, 발레스로부터 졸라까지 열렬한 반교
    권주의자들이었다. (…)교회가 1871년부터 1879년에 걸친 정치
    논쟁에 가담한 것을 비난하고 '정치적 카톨릭주의'를 공격했던
    반교권주의자들은 종교와 교권주의를 주의깊게 구별하면서 사
    회에 대해서 성직자들이 영향력을 행사할 수 있는 수단을 박탈
    하고자 노력했다. 교육동맹이 1866년에 장마세에 의해 알사스
    의 블레바넹에서 창설된 것은 이런 의도에서였다.", G. Duby,
    R. Mandrou, *Histoire de la civilisation française*, Colin,

Paris, 1987, pp.245~246.

14) 콩도르세의 흑인과 혼혈족의 노예 상태에 관한 비판은 혁명주의
  자들이 꼭 지녀야 할 소명 같은 것이었다. J. Reynaud,
  Condorcet, 『앙시클로페디 누벨』, T. Ⅲ. p.748 참조.

15) Ibid., p.749.

16) P. Leroux, *Egalité*, 『앙시클로페디 누벨』, Tome Ⅳ, p.619.

17) 『꽁슈엘로』에서 조르즈 상드는 여성의 교육을 강조한다. 프랑스
  대혁명의 3대 원리인 자유, 평등, 박애에는 마찬가지로 여성의
  교육까지 포함하고 있다고 그녀는 소설에서 밝힌다. G. Sand,
  Consuelo, p.20 참조.

18) 4개국이 비인 의정서 이후 차지한 땅을 보면,
  "영국 : le Hanovre, Héligeland, Malte, le Cap et Ceylan, l'
  Ile de France (Maurice), Tabago et Sainte Lucie entre
  autres.
  프러시아 : le tiers du royaume de Saxe, l'ancienne Pomé-
  ranie suédoise, une partie de ses possessions polonaises
  (Posnanie) à l'ouest la Westphalie, Cologne et Mayence et
  la Sarre entre autres.
  러시아 : la souveraineté d'une état autonome, la Pologne
  formé des anciennes provinces polonaises russes de la
  Pologne centrale.
  오스트리아 : la Galice (sauf Cracovie, république indé-
  pendante), L'Illyrie, le Tyrol, le Milanais auquel était
  ajoutée la Vénétie pour former le royaume Lombardo-Vé-
  nitien et recevait l'ancienne principauté ecclésiastique de
  Salzbourg.", Max Tacel, *Restaurations, Révolutions,*

Nationalités, Masson, Paris, 1981, p.9~10 참조.

19) "러시아는 근동 유럽을 점령하고, 독일은 오스트리아의 압제하
에 있고, 영국은 대양을 지배한다." Ibid., p.11.

20) 강대국의 세력 균형에 대해 피에르 르루가 비판한 기사를 살펴
보면,

L'union Européenne, P. Leroux, 1827(Oeuvres, p.295).

Etude sur Napoléon, P. Leroux, 1829(Oeuvres, pp.321~322).

15년 후 1842년 3월 『르뷔 엥데팡당트』의 기사 *la France sous
Louis-philippe*에서 "정치가들은 아직 어떤 다른 사상 없이 여전
히 강대국간의 세력 균형 이론을 주장한다"고 신랄히 비판한다
(*Oeuvres*, p.394).

21) 여기서 신성동맹은 1814~1815년 비인조약 이후의 5단계 전부
를 의미한다.
—제1차 파리조약(1814. 5. 30) : 나폴레옹 퇴위 후 프랑스와 강
화.
—비인회의(1814. 11. 1~1815. 6. 8) : 중부 및 동부 유럽에서의
조치 심의.
—제2차 파리조약(1815. 11. 20) : 나폴레옹 탈출에 따른 적대 행
위 재현과 그의 패배에 따른 더
욱 가혹한 대 프랑스 조치 합의.
—신성동맹(1815. 9. 26) : 전제군주간의 유대 강조.
—4국 동맹(1815. 11. 20) : 비인 조치 이행 및 조약 체결국의 권
리 확인.
로이 브리지, 로저 블렌, 『새유럽외교사』, 이상철 옮김, 까치,
p.49 참조.

22) J. Viard, *P. Leroux et les socialistes européennes*, Actes

Sud, p.23.

23) D. W. Urwin, 『유럽통합사』, 노명환 편역, 대한교과서(주), pp.3~4.

24) 피에르 르루가 생-시몽에게 특히 관심을 갖기 시작한 것은 *Nouveau Christianisme*의 출간 이후이다. *Dictionnaire de Maîtron*(1er partie), Les éditions ouvrières, p.500.

25) 피에르 르루의 유럽통합론에 관해서 우리는 쟉 비아르의 의견에 동의한다. Dans *Les Amis de P. Leroux*(n° 6, mai 1989)에서, 쟉 비아르는 두 가지에 주목한다. 첫번째는 피에르 르루가 그의 유럽통합론에서 관념과 공상을 배제했다는 점이고, 두 번째는 산업의 진보와 자유정신이 투철하며, 새로운 종교정신이 가미된 통합론이었다는 것이다.

26) 이광래, 『프랑스 철학사』, pp.224~229 참조.

27) 피에르 르루의 외국에 대한 관심은 특히 정치적 성격을 띠고 있다. 특히, 당시로는 가장 앞서나간 자유 진보적인 성격을 갖고 있어, 신성동맹으로 형성된 초 강대국들에 대항해 라틴 아메리카의 독립 등 세계주의 정신에 투철한 국제적 성격의 정치성이었다. J. J. Goblot, *P. Leroux et ses premiers écrits*, P. U. L. p.33.

28) ① 보나파르티즘(나폴레옹주의자)에 대한 반대.

피에르 르루는 나폴레옹의 독재가 대혁명의 이념을 약화시킨 결정적 원인으로 보았다.

② 신성동맹(5대 강대국)에 대한 반대.

인성이 중심이 되는 새로운 정치체제로 변화시키기 위해서 신성동맹은 반드시 해체되어야 한다고 르루는 주장했다.

③ 생-시몽주의에 가입

생-시몽으로부터 피에르 르루는 과학적 인식 방법론을 사회현상에 적용시키는 방법을 발견했다. P. Leroux, *Oeuvres*, p.261 참조.

29) "왜 1815년의 신성동맹이 1840년에 사는 우리를 아직도 위협하는가? 왜 강대국의 정책이 대혁명의 숭고한 이념을 깎아내리는가? 유럽 세계에 여전히 존재하는 신성동맹을 대신할 진실은 무엇인가?" Ibid., p.393.

30) Ibid., p.393.

31) 유럽의 정치체제가 러시아와 영국에 대한 공포로 심각한 공황 상태에 빠져 있다고 본 피에르 르루는 나폴레옹의 유산으로 이루어진 침략 근성에 아무런 대응 없이 세력을 균점하는 잘못된 국제정치 이론에 대해 그는 비판을 가한다. Ibid., pp.321~322 참조.

32) "프랑스의 현재 상황은 완전히 두 사람(티에르와 기조)의 우유부단한 정책으로 요약된다. 티에르의 우유부단한 전쟁론을 마찬가지로 우유부단한 기조의 평화론이 계승한다." Ibid., p.415.

33) "미래는 16세기와 17세기의 정치적 이념을 바꿔야 한다. 이 시대의 정치적 이념은 전쟁이 아니고 민중에게 필요한 문명을 전파하는 영향력인 것이다. 예전에는 정복이 문명을 전파하는 힘이었다면, 그것은 이제 멈춰야 한다. 전쟁과 정복은 이미 지나간 과거의 유물이다." P. Leorux, *Oeuvres*, p.255.

34) 프랑스와 독일의 전쟁 역사를 살펴보면,

    1870 : 독 · 불 전쟁 발발(7월 19일)

    1871 : 알사스-로렌 할양(5월 10일)

    1914 : 제 1차 세계대전(8월 3일)

    1924 : 루르 지방 점령(1월)

1939 : 제 2차 세계 대전(9월 3일)

35) 오인석, 「프로이센의 개혁」, 『독일사의 제국면』, 느티나무,
pp.89~115 참조.

36) 스타엘 부인은 독일을 이상향으로 생각했다. 모든 국민들이 음
악을 이해하고 사랑하며, 정감이 넘치는 성실한 인물로 묘사되
었고, 전쟁을 싫어하고 평화를 숭배하는 민족으로 각인되었다.
그녀의 독일과 독일민에 대한 생각은 너무 순진함에 젖은 피상
적인 것이었다. R. Poidevin, *Les relations Franco-
Allemandes*, Colin, Paris, 1977, pp.30~31 참조.

37) 독일에 관한 저서 :

Quinet : Système politique de l'Allemagne(1831).

Gérard de Nerval : Faust de Goethe(traduction, 1827).

V. Hugo : Le Rhin(1838~1839).

독일에 관한 인상 :

Michelet : "솔직함과 시 그리고 형이상학의 나라"

Hugo : "고상함과 성실함을 함께 가진 나라"

Nerval : "우리의 어머니를 닮은 독일 노파들"

Quinet : "영혼의 나라"

Girardin : "애정, 종교, 감정의 보고" Ibid., p.32 참조.

38) 스타엘 부인 이후 독일을 여행한 프랑스인들도 한결같이 스타엘
부인의 관점을 뛰어넘지 못하고 피상적으로 독일을 찬미했다.
Ibid., p.32 참조.

39) Ibid., p.32.

40) Ibid., p.32~33.

41) "1824년에 창간된 『글로브』와, 1831년 간행된 『르뷔 데 드 몽
드』지는 독일에 관한 정보를 주는 중요한 두 잡지였다." J. M.

Carré, *Les écrivains français et le mirage Allemand*, Paris, 1947, p.51. 그러나 이 책에서는 이 두 잡지가 게르만 애호주의자들이 주축이 된 비슷한 집필진의 글을 실었다는 잘못된 내용을 적고 있다.

42) Ibid., p.51.

43) 또 다른 독일 연구서인 L. Reynaud의 *L´influence Allemande en France au ⅩⅧe au ⅩⅨe siècle*에서도 저자는 르루를 그가 혹독히 비판했던 꾸쟁, 기조와 동일선상에 놓는 실수를 했다. p.149.

44) 『글로브』의 독자이던 하이네는 스타엘 부인의 『독일론』을 반박했다. 하이네의 표현을 빌면 스타엘 부인은 독일을 마치 "육체라고는 갖지 않은 사람들만이 살고 있는 음산한 나라, 눈에 덮인 들판을 온갖 도덕이 소요하며, 덕행이니 형이상학이니 하는 따위의 애기만을 주고받고 하는 나라"처럼 그려 놓았다는 것이다. 그러면서 『글로브』지의 애독자임을 밝혔다.

45) 1826년 7월 괴테가 『글로브』지를 관심있게 읽고 있다고 그의 비서인 에케르만에게 밝혔다. Eckermann, *Conversations de Goethe avec Eckermann*, Gallimard, p.121 참조.

46) Ibid., p.497.

47) 괴테는 올바른 지도체제가 확립되어 있지 않은 상태이긴 하지만 파리에 노동자라는 새로운 계급이 생-시몽의 이론에 따라 움직이고 있다는 것에 주위를 기울였다. 괴테가 생-시몽주의에서 느낀 것은 육체 노동 사상을 사회체계의 중심에 놓고 '새로운 기독교 정신'을 요구하며 노동의 신성을 선언한 것이었다. Ibid., p.524 참조.

48) "괴테는 라신느의 비극에서는 내재된 인간의 욕망을, 디드로와

볼테르로부터는 자유의 정신을 느꼈다." A. Fuchs, *Goethe et l'esprit français*, Actes du collogue international de Strasbourg, Les belles Lettres, 1958, p.25.

49) P. Leroux, *Discours de Schelling à Berlin*, Vrin, 1982, notice préliminaire de J. F. Courtine, p.8.

50) "철학적 입장을 자주 바꾸었던 쉘링은 처음에는 피히테 철학을 기반으로 해서 출발하였으나, 나중에는 새로운 방향에서 그 철학적 입장을 철저히 하였다." Ibid., p.14.

51) Ibid., p.14.

52) Ibid., p.14.

53) Ibid., pp.15~16.

54) "신성동맹 제국의 교수 헤겔은 과격론자를 몽상자로 비난하고 그가 처음 쓴 여러 논문을 감춰 버렸다. 헤겔은 프러시아 정부와 결탁하여, 프러시아 정부를 절대자 최후의 계시라며 축복하고, 관학의 혜택을 받았다." P. Leroux, *Réfutation de l'éclecrisme*, Slatkine, 1979, pp. 235~236.

55) L. Reynaud, *Français et Allemands*, Fayard, 1930, p.217.

56) "꾸쟁은 그가 존경한 헤겔의 철학을 베꼈으며, 애매하고 원초적인 자발성을 찬양하여 관념론과 신비주의로 나아가는 회의주의자다." P. Leroux, *Réfutation de* …, p.236.

57) P. Leroux, *Discours de* … , p.78.

58) "생-시몽주의자였던 피에르 르루, 쟝 레이노는 리용 봉기에 참가한 노동자들을 위로하기 위하여 1831년 4월부터 6월까지 리용에 머물렀다." F. Rude, *C'est nous les Canuts*, François Maspero, Paris, 1977, p.19.
많은 학자들이 리용 폭동의 국제적 중요성을 확인했다. 그 중 하

나를 보면,

"푸리에, 블랑키, 막스에서 레닌까지의 상황을 역사학적으로 보면, 리용봉기가 노동운동의 새로운 장을 연 가장 큰 사건이었다." J. Viard, *Les origines du socialisme républicain*, p.134.

59) 뽈 망뚜, 『산업혁명사』 상권, 정윤형, 김종철 역, 창작과비평사, pp.156~163 참조.

60) Ibid.(하권), pp.450~451 참조.

61) 영국에서 산업혁명과 관련된 중요한 사건을 정리해 보자.

1698 : 세이버리식 증기기관

1708 : 디바의 코크스식용광로

1712 : 뉴코멘식 증기기관

1733 : 케이의 플라이 셔틀

1764경 : 제니방적기

1768 : 아크리아트의 수력 방적기

1774 : 윌킨슨의 보링머신

1779 : 크럼턴의 물방적기

1782 : 와트의 복동식 회전기관

1783~1784 : 코트의 파들제련법

1785 : 카트라이트의 역직기

1790년대 : 방적공장의 증기기관 도입, 운하열 시대

1794 : 휘트니 조면기

1797 : 모즐리의 자동선반

1807 : 폴턴의 증기선

1820년대 : 역적기 보급

1825 : 스티븐슨의 증기기관차

1836~1837 : 최초의 철도건설 붐

1839 : 네이 스미드의 증기해머

62) 영국이 산업혁명의 주축 국가가 되기까지의 정치적 과정을 보면,

중상주의

1651 : 항해조직

1662 : 정주법

1720 : 포말회사

1722 : 워크하우스법

과도기의 위기

1756 : 서부 모직물지대 노동쟁의

1775~1783 : 미국독립전쟁

1776 : 아담 스미스의 국부론

1793 : 나폴레옹전쟁(~1815)

1800 : 단결금지법

1815 : 원회의, 전후공황

산업자본의 확립에로

1817 : 리카드의 경제학원리

1820 : 런던상인, 자유무역를 청원

1824 : 단결금지법의 철폐

1825 : 포말회사 금지법 철폐, 최초의 자본주의적 공황

1833 : 공장법

1834 : 신구빈법

1844 : 필 은행 조례

1849 : 항해조례 철폐

1853 : 글래드스톤의 관세-재정개혁

63) F. Lebrun, *L´Europe et le monde*, p.89.

64) "7월 왕정하의 의회는 유산계급이 중심이 되어 영국의 상원만

모방한 꼴이다. 적어도 노동자, 무산계급을 대표하는 하원의 합
리적인 모방만이라도 필요하다.” P. Leroux, *De la
ploutocratie ou du gouvernement des riches*, Aujourd'hui,
1976, pp.2~3.

65) Ibid., p.92.

66) “동부 유럽에 최초로 대학을 설립하고, 이 프라하 대학의 장 위
스는 15세기 초에 프로테스탄트 혁명을 주도 계승하였고, 인류
보편의 영원한 가치인 자유와 평등을 사랑하여 인본주의를 추구
하도록 가르쳤다.” B. Janski, *Bohême*, 『앙시클로페디 누벨』,
T. Ⅱ, p.739.
지금도 여전히 장 위스는 체코의 정신적 지도자로 추앙받는다.
“프라하에서는 여전히 장 위스가 체코 독립의 영웅으로 추앙받
고 있다.” Lionel Richard, *Magazine Littéraire*(juin 1988),
p.18.

67) 권재일, 『체코슬로바키아사』, 대한교과서주식회사, 1995,
pp.61~70 참조.

68) “빌라호라 전투에서 승리한 합스부르크 왕가는 보헤미아군에 대
한 징벌에 착수하였고, 지도자들을 처형하였다. 체코 귀족의 몰
락으로 국가의 맥이 끊기고, 전통도 단절되어 보헤미아는 합스
부르크 왕가의 세습지로 전락하였다.” *Bohême*, p.739.

69) “30년 전쟁에서의 패배로 인해 체코 왕국의 영토적 상실도 크지
만 인구의 상실은 더욱 엄청난 것이었다. 전쟁 이전의 체코 본토
격인 보헤미아의 약 170만 인구가 전쟁 후에는 95만 명으로 감
소하였고, …체코 귀족와 도시 공민의 1/3을 잃은 사실이 체코
왕국으로서는 가장 큰 타격이었다. 이는 체코와 체코 민족을 지
탱해 줄 최고의 지식 엘리트와 정치 엘리트의 상실을 의미하는

것이었다.", 『체코슬로바키아사』, pp.115~116.

70) "16세기 자연, 인문과학을 숭배하는 보헤미아인들은 공공 교육 분야에서 주변국가에 비해 많은 투자를 했다. 프라하를 중심으로 2개의 대학과 16개의 학교가 설립되었다." *Bohême*, pp.741~742.

71) J. Leroux, *Lettres sur l′esclavage*, 『트뷔 엥데팡당트』 V. Ⅱ, p.391.

72) 제2 공화정 때 해군 식민지 장관이었던 쉘쉐르는 노예 해방법을 발표했다(1848년 4월 27일).

73) V. Schoelcher, *Haïti*…, 『르뷔 엥데팡당트』, Volume Ⅵ, p.603.

74) "아이티가 지금 현재는 비참하고 고통받는 상태에 있을지라도, 그의 불행을 무시할 수 없다. 앞날의 희망을 위해…" Ibid., p.607.

75) "삼백 년 전 우리는 봉건영주에 의해 노예 상태에 있었다. 그러나 지금은 자본가에 의해 노예 상태로 떨어진다." P. Leroux, *Le Carrosse de M. Aguado*, 『르뷔 소시알』, juin 1847, p.38.

76) 다음 편지에 뒤프레의 서명은 없지만 허군 장교였던 그의 경력과 『르뷔 엥데팡당트』의 아시아 특파원인 것 같은 그의 역할을 보면 분명 뒤프레 자신이 쓴 것이다.
"싱가포르에는 유럽인, 중국인, 말레이지아인과 인도인들이 살고 있다. 그들 모두는 자기 나라처럼 자유롭게 생활하고 있다. 불교도, 힌두교도, 기독교도 그리고 이슬람교도들이 서로를 존중하며 평화롭게 살고 있다." *Lettes écrites des Philippines et de Chine*, 『르뷔 엥데팡당트』, Tome Ⅲ, 1842, p.515.

77) "당신은(피에르 르루) 나에게 문화를 보는 방법에 있어 긍정적이고 진실되게 추론하는 법을 가르쳐 주었다." J. Dupré, *Lettres*

écrites de Chine, (1er lettre), p.513.
78) J. Dupré, *Lettres*… (2ème lettre), p.160.

제4장 조르즈 상드

1) 그녀의 시기를 간단히 보면,
   ① 제1기(1832~1836) : 할머니에게서 전해들은 루소(J. J. Rousseau)의 영향으로 서정적인 소설들을 남긴다. 주요 작품 : 『엥디아나(*Indiana*, 1832)』, 『렐리아(*Lélia*, 1833)』 등.
   ② 제2기(1837~1847) : 종교적, 사회적 색채가 짙은 소설을, 르루의 도움을 받으며 저술한다.
   ③ 제3기(1848~1852) : 간결한 문장으로 농부들의 삶과 목가적인 전원을 그린다. 주요 작품 : 『작은 파데트(*La petite Fadette*, 1849)』 등.
   ④ 제4기(1853~1876) : 그녀의 고향 노앙(Nohant)에 귀향한 시기. 주요 작품 : 『빌마르 후작(*Le Marquis de Villemar*, 1861)』, 『로라(*Laura*, 1865)』 등.
2) *Dictionnaire biographique du mouvement ouvrier français*, Maîtron, p.502.
3) 1840년에 출간된 뛰어난 대중소설이며, 프랑스인의 사랑을 그린 『꽁쉬엘로』는 파리인들의 일상사를 다루고 있다. 파리에 자리잡은 작가와 작가 주변 인물 사이에서 일어난 1831년 역사의 소용돌이는, 조르즈 상드의 삶에 사회를 보는 시각을 확장시켜 주었다. G. Sand, *Horace*, dans l'introduction de Nicole Courrier, éd. de l'Aurore, 1982 참조.

4) Herman August Korff, *Das Wessen der Romantik*, Begriffsbestimung der Romantik, hg. Von Helmit Prang, 김광규 역, 『문예사조』, 문학과지성사, 1977 pp.100~101.

5) "장 위스가 화형된 지 100년 후 루터라 불리는 새로운 종교 지도자가 다시 태어났다…" G. Sand, *Consuelo*, T. I., Garnier, 1959, p.184.

6) "우리에게 약속된 잔은 모든 억압받는 약자를 위한 것이다. 아이들, 여자들, 신으로부터 버림받은 자들의 정신과 육체에 힘을 주는 그런 잔이다. 이것은 모든 보헤미아인에 주는 결집과 혁명의 외침이다." Ibid., T. Ⅱ, p.16.

7) "설득력 있고 탁월한 피에르 르루는 우리가 저주받았던 땅에 하늘의 영광을 허용하기 위해 왔다." G. Sand, *Histoire de ma vie*, T. Ⅱ, p.461.

8) 우리 나라에서 조르즈 상드의 소개는 다른 작가들에 비해 미미하지만 소개된 글 중 하나를 보면, "George Sand는 매우 자유분방한 생활을 하여 스캔들을 일으키기까지 하였다. […] Sand는 이렇게 결코 모범적이라고 할 수 없는 사생활을 가지고 있었다." George Sand, *La Mare au Diable*, 안응렬 주석, 신아사, 1975, p.146.
"나는 『엥디아나』, 『렐리아』, 『모프라』의 독자가 얼마나 있는지를 알지 못한다. 그러나 조르즈 상드의 삶은 항상 존재할 것이다. 독자들은 소설보다 그녀의 개인적인 삶에 더욱 흥미를 느낀다. 그녀에게 있어 가장 뛰어난 작품은 그녀의 사생활이다." Emile Henriot, *une nouvelle vie de George Sand*, dans *Les romantiques*, éd. Albin Michel, 1953, p.189. 프랑스에서도 G. Sand에 대한 화두는 사생활이다.

9) "전통적으로 여성들의 삶은 딸, 어머니, 부인, 남성의 애인 등 남성과의 관계 속에서 상상되어졌다. 그들은 결과적으로 남성들에게 심리학적으로 중요한 단일한 역할(처녀, 창녀, 마녀, 여신 등)의 견지에서 상상되거나, 또는 남성 사회에 있어서의 유일한 사회적, 생리적 기능(결혼 준비와 결혼)에서만 생각되어졌다."
Mary Carruthers, *Imagining women : notes towards a feminist poetic*, Massachusetts review, 1979, p.383, 『페미니스트 문학 비평』, 김경수, 탑출판사, p.96.

10) 당시 조르즈 상드, 피에르 르루와 정신적 유대를 같이한 플로라 트리스탕(Flora Tristan)에 주목하면, 초기 여성운동의 흐름을 엿볼 수 있다. 그녀는 "생-시몽의 저서들을 읽고 이들의 사상에 관심을 보이는 노동자들과 대화를 나누면서, 불행과 무력감에 빠져 있는 사람이 자신만이 아니라는 사실을 발견했다. 그녀는 영국을 방문해서 애나 휠러, 오웬, 오브라이언 등을 위시한 급진주의자들과 인민헌장 운동가를 만났다. 그녀는 또한 영국에 체류하던 기간에 베들람 병원에서 한 미치광이를 만났는데 그로부터 큰 충격을 받았다. 그는 그녀에게, 모든 속박을 종결시키고 여성을 남성에의 노예상태에서, 가난한 자들을 부자들의 권력으로부터, 영혼을 죄의식으로부터 해방시키고 싶다고 말했다." 『여성해방 이론의 선구자들(Ⅰ)』, 쉴라 로우보텀, dans 『여성해방의 이론과 현실』, 창작과비평사, 1979, pp.36~37.

11) "나는 홀바인의 농부를 오랫동안 몹시 우울한 마음으로 들여다보고 나서 들판을 거닐며 농촌생활과 농부의 운명에 대해 곰곰이 생각하고 있었다. 하루 일이 끝난 뒤, 시커멓고 아주 거친 빵

한 조각이 그렇게도 힘든 노동에 대한 유일한 보상이요 보수인
데도, 그 풍요한 보배를 강제로 빼앗아가게 하는 그 위태로운 땅
을 파 일구느라고 자기의 온갖 힘과 전 생애를 바치는 것은 아마
도 슬픈 일일 것이다. … 그러니까 내 눈앞에 펼쳐지는 것은 비
록 같은 정경이긴 하나 홀바인의 그림과는 아주 다른 것이었다.
비참한 늙은이 대신에 젊고 생기 있는 젊은이요, 여위고 지쳐빠
진 한 쌍의 말 대신 힘이 세고 원기 왕성한 두 쌍의 소가 있으며,
죽음 대신 예쁜 아이가 있고, 절망적인 이미지와 파괴적인 표상
대신 힘찬 광경과 행복을 향한 의지가 있었다." George Sand,
La Mare au Diable, éd. J. Hetzel, 1852, p.5~6.

12) Ibid., éd. Hetzel, 1852, p.4.

13) G. Sand, *Consuelo*, tome Ⅱ, Garnier, 1959, p.383.

14) 『앙시클로페디 누벨』의 「평등」이라는 기사에서 피에르 르루는
또한 단언하기를 "우리가 사회적인 소명으로 간직해야 하는 것
은 오직 결혼이다"라고 했고, 조르즈 상드 또한 그녀의 소설 *La
Ville Noire*(1861)에서 Tonnie와 sept-Epées의 사랑을 이야기
하며 피에르 르루의 생각을 확인한다.

15) G. Sand, *Malgrè tout*, Michel Lévy Frères. 1870.

16) G. Sand, *Isidora*, éd. J. Hetzel, 1853.

17) Ibid.

18) "교육은 우리 모두를 치료할 수 있는 방법을 제시한다. … 또한,
교육은 모든 이에게 골고루 혜택을 주는 공교육이어야만 한다."
G. Sand, *Mauprat*, éd. Hetzel, 1852, p.96.

19) G. Sand, *Valentine*, Les Belle Editions.

20) *La Filleule*(1853)의 Lucrezia Floriani, *Les deux Frères*
(1875)의 Mme. de Flamarande, *Tamaris*(1862)의 La

Marquise d´Elmeval 그리고 *Isidora*(1846)의 Isidora 등이 대
표적인 여주인공들이다.

21) G. Sand, *Isidora*, d. Hetzel, 1853, p.2.

22) 『모프라』는 상드의 연구가들에 의해 피에르 르루의 영향의 유·
무에 많은 논란거리를 제공했다. 그러나 캐나다의 문학사가 에
반스에 의해 르루의 영향은 확인되어졌고, "「모프라」(1837)를
발표할 때부터 다구 공작부인에게 고백했듯이 이미 상드는 르루
에게 경도되어 있었다." 지금은 G. Lubin, J.-P. Lacassagne
등 상드 Spécialiste들에 의해 르루의 영향은 당연한 것으로 받
아들여진다.

23) 이 작품(*la Ville Noire*)에 나오는 칼붙이 공장은 피에르 르루가
실제로 부삭에 세웠던 인쇄소를 연상시킨다. 특히, 여자의 힘으
로 모든 어린이들을 무료로 교육시키고 직업훈련을 도와주는 내
용은 당시 사회 상황을 볼 때 상당히 진보된 내용이다.

24) G. Sand, *Mont-Revêche*, Lib. Nouvelle, 1857, p.302.

25) "벌이가 없는 가난뱅이들, 의지할 곳 없는 노인네들, 고아들, 어
떤 교육도 받지 못한 젊은이들을 아무 조건 없이 돌보는 이는 그
녀(세실)이었다." G. Sand, *Mademoiselle Merquem*, M. L.
F., 1870, p.95.

26) G. Sand, *La Mare au Diable*, éd. Hetzel, p.4.

27) 올해 초 유럽인을 대상으로 한 설문조사에 따르면 "앞으로 국가
와 국적이 중요해질 것이라고 답변한 사람은 16%에 불과한 반
면 대부분은 국가와 국적, 국경이 무의미해질 것이라고 응답했
다. 앞으로 한 세대 뒤에는 국경을 초월하는 유러피언만이 존재
할지 모르는 일이다." 『나는 독일인 아닌 유럽인』, 1999년 1월
한겨레신문, 뮌헨, 백경학.

28) 1945년 이후 유럽연합의 발전 과정을 살펴보면 다음과 같이 크게 다섯 단계로 나눌 수 있다. 유럽경제공동체 성립기(1945~1957), 관세동맹 완성기(1958~1968), 유럽공동체 확대기(1969~1986), 단일시장 완성기(1987~1992), 정치 및 경제 통합(1993~2003).

29) 유럽통합에 관한 역사적 기록은 이 책 3장에서 자세히 살펴보았다.

30) G. Sand, *Consuelo*, Texte présenté et annoté par Simone Vierne et Rène Bourgeois, Les Editions de l'Aurore, 1983, Tome I, p.37.

31) Ibid., p.39.

32) Porpora(1686~1768), 이탈리아 작곡가.

33) Haydn(1732~1809), 오스트리아 작곡가.

34) Marie-Thérèse(1717~1780), 오스트리아 여황제, 보헤미아와 헝가리의 여왕.

35) Frédéric Ⅱ le Grand(1712~1786), 프러시아의 왕. 속편격인 *La comtesse de Rudolstadt*에 자주 등장하며 구질서의 대표적 인물로 인성이 바탕이 된 유럽 통합을 단연코 거부하는 인물로 묘사된다.

36) Cagliostro(1743~1795), 이탈리아 모험가.

37) Viardot(1821~1910), 프랑스 성악가. Louis Viardot의 부인. Louis Viardot는 P. Leroux, G. Sand와 함께 *Consuelo*가 연재된 *Revue Indépendante*를 1841년 11월 창간했다.

38) *Consuelo*, G. Sand, Tome Ⅲ, p.416.

39) Ibid., 『꽁슈엘로』, p.464.

제5장 결론

1) 만약 철학적, 종교적, 사회적, 정치적인 글을 문학과 거리를 둘 생각이라면 우리는 한용운의 글 『문예소언』에 관심을 가져야만 한다. 한용운은 이 글에서 문학과 문예의 정의를 논할 때 문예는 "시, 소설, 극본 등 예술적 작품"이라 했고, 문학이라 함은 "자기의 무엇이든지를 문자로 나타내어 독자가 이해할 수 있게 하는 것" 혹은 "문리가 있는 문자로의 구성"을 모두 말한다 했다. 그는 문학에 광의의 개념을 도입하기 위해 다음과 같이 말한다. "문예만을 문학이라고 하는 것은 꽃피고 새우는 것만이 봄이라고 하는 것과 마찬가지이다. 꽃피고 새우는 것이 봄이지마는, 봄은 거기에만 그치는 것이 아닐 뿐 아니라 인생으로서 감정보다 생활이 필요하다면 봄비의 남은 물을 상평, 하평에 실어두고, 밭 갈고 논 갈며 씨 뿌리고 김매는 것이, 사람의 주관으로서 꽃피고 새우는 것보다 더 좋은 봄이 아닐까?", 『문예소언』, 한용운 전집 I, p.196.
2) 1844년 3월, 조르즈 상드가 알퐁스 플레리에 보낸 편지에서 부삭 인쇄소의 목적과 그녀가 피에르 르루의 인쇄소에 참여한 이유를 우리는 알 수 있다. "당신도 알다시피, 우리는(피에르 르루와 조르즈 상드) 다수의 민중에게 좋은 서적을 무료로 제공하기 위한 목적으로 출판사를 운영한다." G. Sand, *Correspondance*, T. VI, p.488.
3) 에반스에 따르면, 피에르 르루는 1845년부터 『엥드르의 척후병』의 간행자였다. 오직 이 잡지의 한 부만이 상더위 박물관에 보관되어 있다. Evans, *Le socialisme romantique*, p.238 참조.

연구 자료

다음 저서들의 도움을 받아 연구 자료를 작성했다.

Goblot, J. J., *Pierre Leroux et ses premiers écrits*, P. U. L., 1977.

Lacassagne, J. P., *Histoire d'une Amitié P. Leroux et G. Sand*, Klincksieck, 1973.

Le Bras Chopard, *De l'égalité dans la différence : le socialisme de P. Leroux*, P. F. N. S. P., 1986.

1. 피에르 르루

1) 텍스트

Nouveau procédé typographie qui réunit les avantages de l' imprimerie mobile et stéréotypage, août 1822, Brochure

intégralement reproduite dans *la Revue indépendante*, 10
janvier 1843, Tome Ⅵ.

Religion. Aux Philosophes, Revue encyclopédique, septembre
1831.

*Philosophie de l'histoire. De la poésie de notre époque, Revue
encyclopédique*, novembre–décembre 1831.

*De la loi de continuité qui unit le Ⅹ Ⅷe siècle au Ⅹ Ⅶ siècle,
Revue encyclopédique*, mars 1833.

*Philosophie. De la philosophie éclectique enseignée par M.
Jouffroy, Revue encyclopédique*, juin 1833.

Préface. Aux Souscripteurs de la Revue, Revue encyclopédique,
octobre–décembre 1833.

*Economie politique. Cours d'économie politique fait à l'
Athénée de Marseille, par M Jules Leroux, Revue
encyclopédique*, octobre–décembre 1833.

Encyclopédie nouvelle ou Dictionnaire philosophique,
scientifique, littéraire et industriel, offrant le tableau des
connaissances humaines au dix–neuvième siècle par une
société de savants et de littérateurs, publiée sous la
direction de MM. P. Leroux et J Reynaud(1834~1841).

Histoire littéraire. Revue trimestrielle, Revue des deux Mondes,
1ᵉʳ décembre 1835.

Du Bonheur, Revue des Deux Mondes, 15 février 1836,
reproduit l'article paru dans l'E.N., tome Ⅱ.

*Réfutation de l'Eclectisme, où se trouve exposée la vraie
définition de la Philosophie, et où l'on explique le sens, la*

suite, et l'enchaînement des divers philosophes depuis
Descartes, Paris, Ch. Gosselin, 1839.

Considérations sur Werther et en général sur la poésie de notre
époque.

De l'Humanité, de son principe, et de son avenir ; où se trouve
exposée la vraie définition de la religion, et où l'on explique
le sens, la suite et l'enchaînement du Mosaïsme et du
Christianisme, Paris, Perrotin, 1840, 2 vol.

Aux Philosophes, Revue indépendante, novembre 1841.

Aux Politiques. De la politique sociale et religieuse qui convient
à notre époque, Revue indépendante, novembre 1841.

De Dieu, ou de la Vie consiérée dans les êtres particuliers et
dans l'Etre universel. Premier fragment(Premier article),
Revue indépendante, avril 1842.

Du cours de philosophie de Schelling. AperÇu de la situation de
la philosophie en Allemagne, Revue indépendante, mai
1842.

Discours sur la situation actuelle de la société et de l'esprit
humain, Paris, chez l'auteur rue Saint-Benoît n° 15 ; chez
Paulin et Hetzel, chez Mazgana, 1841.

Poésies de Pétraque, sonnets, canzones, triomphes. Traduction
complète par le Comte F.-L. de Gramont, Revue
indépendante, août 1842.

De la Ploutocratie. Ⅰ. Le gouvernement de la France est une
véritable ploutocratie, Revue indépendante, septembre
1842.

De la Ploutocratie. Ⅱ. *Du revenu net de la France et de ses dispensateurs actuels, Revue indépendante*, 1ᵉʳ novembre 1842.

M. Cousin auteur de la mutilation d'un écrit posthume de Th. Jouffroy, Revue indépendante, 25 décembre 1842.

De l'abolition des castes et de l'organisation de l'égalité, Revue sociale, octobre 1845.

De la recherche des biens matériels, ou de l'Individualisme et du Socialisme(1ᵉʳ article), Revue sociale, novembre 1845.

Réponse à l'école fouriériste, Revue sociale, décembre 1845.

De la recherche des biens matériels, ou de l'Individualisme et du Socialisme(Deuxième article) Les Juifs rois de l'époque, Revue sociale, janvier 1846.

De la recherche des biens matériels ou de l'Individualisme et du Socialisme(Troisième article) L'économie politique et l' évangile. A propre d'une conférence du R. P. Lacordaire, Revue sociale, février 1846.

De la recherche des biens matériels(Quartrième article) L' Humanité et le Capital, Revue sociale, mars 1846.

De la recherche des biens matériels(Cinquième article) Y aura-t-il toujours des pauvres?, Revue sociale, avril 1846.

De la recherche des biens matériels(Sixième article) Relations du travail et du capital, Revue sociale, mai 1846.

Le Carrose de M. Aguado, fragment(Premier article), Revue sociale, juin-juillet 1847.

Le Carrose de M. Aguado, fragment(Deuxième article), Revue sociale, août-septembre 1847.

Le Carrose de M. Aguado, fragment(Troisième et dernier article), Revue sociale, octobre 1847.

De l'Egalité, Boussac, Pierre Leroux, 1848.

Malthus et les économistes, ou y aura-t-il toujours des pauvres?, nouvelle édition Boussac, Pierre Leroux, 1849.

Projet d'une constitution démocratique et sociale, fondée sur la loi même de la vie, et donnant, par une organisation vêritable de l'Etat, la possibilité de détruire à jamais la Monarchie, l'Aristocratie, l'Anarchie, et le moyen infaillible d'organiser le Travail National sans blesser la liberté. Présenté l'Assemblée Nationale par un de ses membres, le citoyen Pierre Leroux, Paris, Sandré, 1848.

De la Fable, Paris, Michel, 1851.

L'Espérance, revue philosophique, politique, littéraire, publiée à Jersey par Pierre Leroux, mai, juillet, octobre 1858, janvier, avril, 1859.

Aux Etats de Jersey, sur un moyen de quintupler, pour ne pas dire plus, la production agricole du pays, London, Universal Library, Jersey, L. Nétré, Book-Binder, 1853.

La Grève de Samarez, poème philosophique, Paris, E. Dentu, 1863, Des fragments de cet ouvrage, incomplet, avaient déjà paru dans *l'Espérance*.

Job, drame en cinq actes, avec Prologue et Epilogue, par le prophète Isaïe, retrouvé, rétabli dans son intégrité, et traduit littéralement sur le texte hébreux, par Pierre Leroux..

2) 연구서

Artaud(A.), *Les apôtres du socialisme. Pierre Leroux (1797~1871)*, Notre-Dame-de-Moligeon, 1901(brochure extraite de la *Quinzaine*, du 16 décembre 1901).

Evans(D. O.), *Le socialisme romantique. Pierre Leroux et ses contemporains*, Paris, Rivière, 1948.

Fidao-Justiniani(J.-E.), *Pierre Leroux*, Paris, Bloud, 1912.

Goblot(J.-J.), *Aux origines du socialisme franÇais : Pierre Leroux et ses premiers écrits(1824~1830)*, Lyon, Presses universitaires de Lyon, 1977.

Lacassagne(J.-P.), *Histoire d'une amitié; Pierre Leroux et George Sand (d'après une correspondance inédite 1836~1866)*, Paris, Klincksieck, 1973.

Marchal(P.-F.), *P.-J. Proudhon et Pierre Leroux : révélation édifiantes*, Paris, Dentu, 1850.

Mirecourt(E. de), *Pierre Leroux*, Paris, Havard, 1856.

Mougin(H.), *Pierre Leroux*, Paris, Editions internationales, 1938.

Pioger(J.), *Pierre Leroux socialiste*, Paris, Giard et Brière, 1896 (brochure extraite de *la Revue socialiste*, ⅩⅩⅢ, 1896, pp. 459~468).

Raillard(C.), *Pierre Leroux et ses oeuvres. L'homme, le philosophe, le socialiste*, Châteauroux, Langlois, 1899.

Roddier(H.), *Pierre Leroux, George Sand et Walt Whitman ou l'éveil d'un poète*, Paris, Didier, 1957(extrait de *la Revue de littérature comparée*, 1957).

Stapfer(P.), *Questions esthétiques et religieuses*, Paris, Alcan, 1906.

Thomas(F.), *Pierre Leroux. Sa vie, son oeuvres, sa doctrine. Contribution à l'histoire des idées au X IXe siècle*, Paris, Alcan, 1904.

Viard(J.), *Pierre Leroux et les socialistes européens*, Arles, Actes Sud, 1982.

2. 조르즈 상드

1) 서한집 및 자서전

Correspondance, Paris, Classiques Garnier, 1964~1985, X X tomes, textes réunis, classés et annotés par Georges Lubin.
III. juin 1835~avril 1837, 1967.
IV. mai 1837~mars 1840, 1968.
V. avril 1840~décembre 1842, 1969.
VI. janvier 1843~juin 1845, 1969.
Correspondance, Calmann-Lévy, 1882, tome III.
Oeuvres autobiographiques ; Textes établi présenté et annoté par Georges Lubin, Paris, Gallimard, Bibl. de la Pléiade.
I. *Histoire de ma vie*, I re Partie ~ IVe Partie(chapitres I ~VII), 1970.
II. *Histoire de ma vie*, IVe Partie(chapitres VIII~ X V)~ V e

Partie [···], 1971.

2) 소설

André(1835), éd. J. Hetzel, 1852.

Compagnon du tour de France(Le)(1840), Paris, Edition de Jean-Claude Muet, Lib. de la Butte-aux-Cailles, 1979.

Comtesse de Rudolstadt(La)(1843~1844), Paris, Classiques Garnier, 1959.

Consuelo(1842~1843), Paris, Classiques Garnier, 1959.

Filleule(La)(1853), Paris, Michel Lévy Frères, 1861.

Hiver à Majorque(Un)(1842), Palma de Mallorca, Ediciones La Cartuja, 1975.

Horace(1841~1842), éd. de l'Aurore, 1982.

Indiana(1832), éd. J. Hetzel, 1853.

Isidora(1846), éd. J. Hetzel, 1853.

Jacques(1834), éd. d'Aujourd'hui, 1976.

Jeanne(1844), Echirolles, P. U. G., 1978.

Lélia(1833), éd. de P. Reboul, Garnier, 1960.

Mademoiselle Merquem(1868), Michel Lévy Frères, 1868.

Malgré tout(1870), Michel Lévy Frères, 1870.

Mare au Diable(La)(1846), éd. J. Hetzel, 1852.

Mauprat(1837), éd. Claude Sicard, Garnier-Flammarion, 1969.

Meunier d'Angibault(1845), Calmann-Lévy, s.d.

Mont-Revêche(1853), Lib. Nouvelle, 1857.

Nanon(1872), éd. d'Aujourd' hui, 1976.

Péché de M. Antoine(Le)(1845), éd. d'Aujourd' hui, 1979.

Spiridion(1838~1839), Felix Bonnaire, 1839.

Tamaris(1862), éd. de l'Aurore, 1984.

Valentine(1832), Les Belles Editions, s.d.

Ville Noire(La)(1861), Echirolles, P.U.G., 1978.

3) 연구서

Carrère, Casimir, *George amoureuse*, La Palatine, 1967.

Dolléans, Edouard, *Féminisme et mouvement ouvrier : George Sand*, éd. ouvrières, 1951.

Henriot, Emile, *Une nouvelle vie de George Sand in Les Romantiques*, 1953.

Karénine, Wladimir, *George Sand, sa vie et ses oeuvres*, Plon-Nourrit, 1889~1926.

Lacassagne, Jean-Pierre, *Histoire d'une Amitié : Pierre Leroux et George Sand*, Klincksieck, 1973.

Maurois, André, *Lélia ou la vie de George Sand*, Hachette, 1952.

Nishiro, Haruko, *Mauprat, roman d'éducation in Les Amis de Pierre Leroux*(n° 9), 1990.

Pommier, Jean, *George Sand et le rêve monastique-spiridion*, Nizet, 1966.

Segoin, Bernadette, *Les personnages féminins de George Sand, moteurs d'une révolution profond in Les Amis de*

Pierre Leroux(n° 9), 1990.

Viard, Jacques, *L'égalité dans l'amour(de l'enfant, du pauvre et de la femme) chez P. Leroux et G. Sand*, università degli studi de Lecce, 1979.

1797~1815년 집정 정부, 통령 정부, 제 1제정.

1797년 6월 4일 피에르 앙리 르루(Pierre Henry Leroux), 파리에서 출생.

1804년 7월 1일 오로르 뒤펭(Aurore Dupin, baronne Dudevant, dite George), 파리에서 출생.

1808년 르루 아버지, 쟉 샤를르 모데스트(Jacques Charles Modeste) 사망. 상드 아버지, 모리스 뒤펭(Maurice Dupin) 사망.

1809~1814년 피에르 르루, 렌느(Rennes) 고등학교를 장학생으로 다님. 후에 『글로브』지를 함께 창간 할 뒤부아와 우정을 나눔.

1815~1830년 왕정복고.

1816년 피에르 르루는 어려운 가정 형편 때문에 고등학교 졸업 후 식자공으로서 여러 인쇄소에서 일학.

1817년 피에르 르루, piano-type라는 신종 인쇄법 발명.

1818년 피에르 르루, 영국 여행.

1818~1820년 조르즈 상드, 빠리에 있는 영국 수도원 학생으로 입
학하여 2년간 다님.

1820년 피에르 르루, 샤르보느리(charbonnerie)당 가입.

1821년 르루 어머니, 마리 끌로딘느 아르노(Marie Claudine
Arnaud) 사망. 조르즈 상드 성장기에 큰 영향을 준 할머니
뒤펭 드 프랑꿰이(Mme Dupin de Francueil) 사망.

1822년 르루, 첫번째 기사, *Nouveau procédé typographique qui
réunit les avantages de l'Imprimerie mobile et du
Stéréotypage* 발표. 상드, 까시미르 뒤드방(Casimir
Dudevant)과 결혼.

1823년 르루 부인, 엘리즈 르그로(Elise Legros), 쥘 앙리 아르노
(Jules Henry Arnault) 출산. 상드, 모리스(Maurice) 출
산.

1824년 9월 15일 르루, 뒤부아와 『글로브』 창간.

1825년 르루, 생-시몽과 저녁식사. "L'autre(Leroux) m'a
compris". 상드, 오렐리엥 드 세즈(Aurélien de sèze)와 정
신적 연애를 함.

1826년 르루, 두 번째 아이 쥘 아쉴(Jules Achilles) 태어남. 르루,
Polytechnique 입학자격 취득.

1827년 상드, 그랑사뉴(Gransagne)와 사귐. 르루, *De l'Union
Européenne* 발표. 연이어 *De l'Union ouvrière*를 『글로
브』에 게재.

1828년 상드, 딸 솔랑즈(Solange) 태어남.

1829년 르루, *Du style symbolique*, 그리고 *De la politique
extérieure au X IXe siècle* 발표.

1830년 7월 혁명. 르루, 『글로브』지를 앙팡텡(Enfantin)에 넘김. 상
    드, 쥘 상도(Jules Sandeau) 만남.

1830~1848년 7월 왕정.

1831년 르루, *Plus de libéralisme impuissante* 발표. 르루, 9월 장
    레이노와 『르뷔 앙시클로페디크』 창간. 르루, *Aux
    philosophes* 발표. 르루, 9월 생-시몽주의자와 결별. 상드,
    쥘 상도와 『로즈 에 블랑쉬(*Rose et blanche*)』 공저.

1832년 상드, 『엥디아나(*Indiana*)』 발표. 이때부터 조르즈 상드라는
    필명 사용. 『발랑틴느』 출간.

1833년 르루, 장 레이노와 『앙시클로페디 누벨』 창간. *L'ensemble
    comprendra 95 articles de Leroux, Sommeil,
    Christianisme, Conciles, Culte, Egalité et Eclectisme
    sont parmi les principaux.* 상드, 상도와 헤어지면서 뮈세
    와 연인이 됨. *Lélia* 출판.

1834년 상드, 의사 파젤로(Pagello)의 연인이 됨. 들라크루와
    (Delacroix) 상드의 초상화를 그리기 시작함. *Jacques*와
    Lettres d'un voyageur 발표.

1835년 생트-뵈브 르루를 상드에 소개. 상드, 뮈세와 헤어짐.
    André, Leone Leoni 발표.

1836년 상드, 남편과 결별. 리스트가 상드에게 쇼팽을 소개. 소설
    Simon 발표. 본격적인 르루와 상드의 사상적 교류 시작.

1837년 상드, 어머니 사망. *Mauprat* 출간.

1838년 르루, *De l'Egalité* 발표. 상드, 쇼팽의 연인이 됨. *La
    dernière Aldini* 발표.

1839년 르루, 상드의 소설 *Spiridion* 교정. 상드, *Spiridion* 출간.

1840년 르루, 첫번째 부인 엘리즈 르그로 사망. *De l'Humanité* 발

표. 상드, *Gabriel, Le Compagnon du tour de France* 출간.

1841년 르루, 조세핀 볼크(Joséphine Volck)와 재혼. 11월 르루, 상드, 비아르도에 의해 『르뷔 엥데팡당트』 창간호 간행. 상드, 이 잡지에 *Horace* 게재 시작.

1842년 상드, 『르뷔 엥데팡당트』에 *Consauelo* 연재. 기행문 *Un hiver à Majorque* 발표.

1843년 르루, 『르뷔 엥데팡당트』를 떠남. 주조술과 인쇄술의 새로운 기계 장치에 관한 특허권을 따냄.

1844년 르루, *L'Eclaireur de l'Indre* 창간. 재혼한 부인 조세핀 프랑츠 프랑수와 출산. 상드, *Jeaanne* 출간.

1845년 6월 16일 르루, 『르뷔 소시알』 창간. Leroux compose et imprime lui-même la Revue à Boussac. Il y publie notamment *Lettres sur le Fourierisme, Malthus ou les économistes*, et la *Carrose de M. Aguado*, ainsi que de nombreuses rééditions : *Discours aux philosophes, aux politiques, d'une religion nationale, de la ploutocratie, de l'Egalité*. 상드, *Le Meunier d'Angibault* 발표.

1846년 상드, *Isidora, Teverino, la Mare au diable* 출간.

1847년 상드, *Le Péché de M. Antoine, le Piccinino* 발표. 쇼팽과 결별. 자서전 *Histoire de ma vie* 저술 시작.

1848년 2월 혁명.

1848년 2월~1851년 12일 제 2공화국.

1848년 2월 27일 르루, 부삭 시장으로 선출되다. 6월 민중 봉기가 분쇄되다. 상드 노앙으로 귀환. 12월 루이 나폴레옹 보나파르트, 공화국의 대통령에 선출되다.

1849년 5월 17일 르루, 입법의회 의원으로 당선되다. 상드, *La Petite Fadette* 발간. 쇼팽 사망.

1850년 르루, *Oeuvres, De la Fable* 출간. 상드, *FranÇois le Champi, Histoire du véritable Gribouille* 출간.

1851년 12월 2일 루이 나폴레옹 쿠데타를 일으키다. 르루, 다구 부인(Madame d'Agoult)집에 피신하다. 벨기에로 도주.

1852~1870년 제 2제정.

1852년 8월 르루, 런던으로 망명. 8월 30일. 27명의 가족과 함께 저어지(Jersey)섬에 도착. 상드, 유죄 선고를 받은 많은 사람을 돕기 위해 노력.

1853년 르루, *Cours de Phrénologie* 간행. 상드, *Mont-Revêche, les Maîtres sonneurs* 출간.

1854년 상드, *Adriani* 발표.

1855년 상드, *Histoire de ma vie* 출간.

1857년 상드, *La Daniella* 출간.

1858년 르루, *l'Espérance* 출판. 상드, *Les Beaux Messieurs de Bois-Doré, Légendes rustiques* 출판.

1859년 정치범의 사면에 관한 법안이 선포되다. 르루, 프랑스로 귀환, 11월 11일 상드와 해후. 상드, *Elle et lui, Masques et bouffons, Promenades autour d'un village* 등 많은 작품을 출간.

1860년 상드, 장티푸스에 걸림. *Jean de la Roche* 출간.

1861년 상드, *La Ville Noire, Le Marquis de Villemer* 출간. 건강의 회복을 위해 타마리스에서 오랫동안 체류함.

1862년 상드, 소설 *Tamaris* 출간.

1863년 르루, *La Grève de Samarez*를 1865년까지 출판. 상드,

*Mademoiselle de la Quintinie*를 출간. 손자 출생.

1864년 상드, 손자 사망.

1865년 상드, 소설 *Laura* 출간.

1866년 르루, *Job* 출간. 상드, *Monsieur Sylvestre* 출간.

1867년 상드, *Le dernier Amour* 출간.

1868년 상드, *Cadio, Mademoiselle Merquem* 출간.

1869년 플로베르 노앙으로 상드 방문.

1870~1940년 제 3공화국.

1870년 상드, 소설 *Malgré tout* 간행.

1871년 4월 12일 르루, 뇌졸중으로 파리에서 사망.

1872년 상드, *Nanon* 출간.

1873년 플로베르와 뚜르게네프가 노앙에 체류. 상드, 동화소설
Conte d'une grand'mè re 출간.

1874년 상드, *Ma soeur Jeanne* 출간.

1875년 상드, *Flamarande, les deux Frères* 출간.

1876년 6월 8일 상드, 노앙에서 사망.